Le Portail du Temps

Le retour de Joanya

Du même auteur, dans la série

Le portail du temps :

I. La renaissance de Tail

II. La revanche de Calsalme

III. La forêt maléfique

IV. Le jeune roi

À paraître :

VI. Kardar

Linda Roy

Le Portail du Temps

TOME V

Le retour de Joanya

Le Portail du Temps – Tome v – Le retour de Joanya
Dépôts légaux :
Bibliothèque nationale du Québec
Bibliothèque nationale du Canada

Les Éditions JKA bénéficient du Programme de crédit d'impôt pour l'édition de livres — Gestion SODEC — du gouvernement du Québec.

Numéro d'enregistrement : 1073839

Saint-Pie (Québec)
J0H 1W0 Canada

www.leseditionsjka.com
ISBN : 978-2-923672-29-8
Imprimé au Canada

Je dédie ce livre à mes trois fils adorés,
Jonathan, Kevin et Alexandre.

Alors, êtes-vous prêts à découvrir la suite de mon histoire ? Je vous propose donc de vous installer confortablement, et je vais commencer. Mais d'abord, où en étions-nous ? Ah oui… cela me revient maintenant ! Le jeune roi… Oui, c'est bien cela : le jeune roi avait dit à Tail qu'il savait où se trouvait Extarnabie.

— Suivez-moi. Je vous y conduis..., lui avait répondu le roi.

Ils traversèrent à nouveau la ville souterraine et libérèrent les gens qui s'y trouvaient. Des remerciements à n'en plus finir leur parvinrent de tous ces gens.

Lorsqu'ils arrivèrent à l'endroit où le jeune roi les emmenait, ce dernier emprunta un escalier et descendit.

— Voilà. Il est enfermé ici...

À leur grande surprise, la porte n'était pas verrouillée. Marcuse l'ouvrit et il vit que la pièce était vide.

— Mais tu t'es trompé... Il n'est pas ici! lui dit Tail.

— Je te jure qu'il était ici! répondit le jeune roi.

[Oups! Désolée... Je crois que j'étais plutôt rendue à cet endroit. Cela est sûrement dû à mon âge... Poursuivons.]

Le jeune roi regarda Tail d'un air déçu et lui dit :

— Je te jure, Tail... Je l'ai vu de mes propres yeux. Il était vraiment ici.

— Vraiment? Alors, il s'est totalement volatilisé, dis donc! répondit Tail d'un ton sec.

Ils firent une vérification minutieuse du cachot. Il y avait bien des chaînes qui laissaient croire que quelqu'un y avait été tenu captif, mais il n'y avait plus personne.

« Non, non et non! » ne cessait de répéter Tail, complètement découragé de savoir que cet homme détenait toujours Extarnabie. Il était enfin arrivé sur les lieux, complètement exténué à la suite de ses combats, mais celui-ci n'y était plus. Pourquoi tout cela? Ils étaient tous totalement déconcertés par cette découverte.

— Mais qu'allons-nous faire maintenant? Où a-t-il emmené Extarnabie? demanda Vic, se rendant compte que tout cela n'était toujours pas terminé.

Vic fut un peu déçu qu'aucune réponse ne lui parvienne. Droit comme un piquet, fixant le sol sans bouger, il était maintenant déprimé à son tour ; d'un coup de pied, il fit virevolter les cailloux autour de lui pour libérer sa colère. Il avait bien essayé de comprendre pourquoi tout cela arrivait, mais rien... Cette fois, il en avait assez lui aussi de ces histoires.

— Pourquoi toujours vouloir le pouvoir ? Pourquoi les gens ne peuvent-ils pas vivre simplement ? Ce serait tellement bien s'ils vivaient simplement chacun dans leur village. Mais non, voyons ! Cela ne risque pas d'arriver ! Il y aura toujours des fous comme cet homme... La vie serait bien trop parfaite si chacun respectait les autres en les laissant vivre leur vie..., se marmonnait-il à lui-même.

Ainsi, Vic partit très loin dans ses pensées. Parfois, il levait seulement la tête afin de vérifier si quelqu'un n'avait pas retrouvé Extarnabie. Tail, sans relâche, ouvrait les portes des cachots les unes après les autres, mais ils se ressemblaient tous. Aucune trace d'Extarnabie. Malgré le fait que tous savaient qu'il n'était plus là, Tail tenait tout de même à vérifier partout. Était-ce parce qu'il ne voulait pas accepter le fait qu'il n'était pas parvenu à le sauver ?

— Tout cela pour rien! dit simplement Tail avant de partir en direction de la sortie.

Vic, perdu dans ses pensées, ne s'était nullement aperçu que ses amis avaient pris la direction de la sortie. C'est seulement lorsque Marcuse siffla qu'il comprit qu'il devait les rejoindre au plus vite. À bout de souffle, les cheveux décoiffés par sa course, il finit par les rejoindre.

— Merci de m'avoir prévenu, Cat…

Mais elle ne lui répondit pas. Elle était plutôt absorbée dans les murmures de Tail, qui s'amplifièrent tout au long du trajet qui conduisait à la sortie. Alors, ses petits murmures incompréhensibles se transformèrent en paroles sensées.

— Mais pourquoi tout n'est-il pas simple? Pourquoi, toujours et toujours, ai-je droit à ce privilège d'avoir ces foutus problèmes? J'en ai plein le trou pette…

En entendant ces mots, Vic s'arrêta brusquement.

— Le *trou pette?* Mais qu'est-ce que c'est ce mot? demanda-t-il à Cat, complètement étourdi.

Cat n'eut pas le temps de lui répondre que Tail était reparti de plus belle. Il était là à tourner sur lui-même.

— Qui peut bien m'expliquer dans quel monde de fou je suis venu ? J'en ai vraiment assez de tout cela, vous m'entendez ?

— Cat, c'est quoi, un *trou pette ?* demanda Vic à nouveau.

— Je ne sais pas…, lui avoua Cat en chuchotant.

Vic regarda à nouveau Tail, mais il ne lui dit rien, car ce dernier était à bout de nerfs. Il ne comprenait plus pourquoi il était là. C'en était trop pour lui. Il s'agenouilla sur le sol et saisit fermement sa tête entre ses deux mains, comme si, en prenant cette posture, il pourrait mieux parvenir à visualiser quelque chose. Il ne s'immobilisa ainsi qu'un court instant, car il constata très rapidement que même en se plaçant dans cette position, il ne parvenait pas à visualiser Extarnabie, ni même à se calmer.

[Disons que la patience, ce jour-là, ne faisait plus partie de lui. Désolée, c'était plus fort que moi, cette remarque. Bon, avec tout cela, je ne sais plus où j'en suis… Ah oui !]

À peine s'était-il placé ainsi que Tail se releva d'un bond. Mais à quoi pensait-il ? Il était tellement en colère qu'il ne pouvait même pas comprendre que de cette façon, il n'y avait aucune possibilité qu'il arrive à visualiser quoi que ce soit. Il se mit à tourner

et à tourner sur lui-même dans l'espoir de voir Extarnabie apparaître, mais comme rien ne semblait arriver, il se mit à parler extrêmement fort.
[Bon… Honnêtement, entre vous et moi, je dirais qu'il s'était mis à hurler.]

Tous les gens présents le regardèrent et comprirent qu'il s'adressait à quelqu'un de précis. Il lui parlait dans une langue étrangère et personne ne parvenait à comprendre ce qu'il pouvait lui dire, ou encore *leur* dire, car ce n'était pas évident de savoir s'il parlait à une ou à plusieurs personnes, puisque personne ne comprenait ce langage.
[Mais une chose était certaine : à le voir agir ainsi, il était évident qu'il ne complimentait personne…]

Près de vingt minutes passèrent et Tail était toujours en conversation avec lui-même. Il avait l'air tellement hystérique que plus personne ne le reconnaissait. Il se tenait là, les mains dans les airs, tout échevelé… Il avait tellement tourné sur lui-même que la poussière s'était imprimée sur ses vêtements et, sous cette tonne de poussière, sa chevelure était passée du brun à une couleur grisâtre. Tail était une personne au tempérament calme, normalement, mais à ce moment-là, le calme ne faisait plus partie de sa personnalité. Oh non ! Croyez-moi. Il devenait de plus en plus furieux.

Évidemment, les gens autour de lui ne pouvaient comprendre ce qu'il disait, mais à voir l'expression de son visage, ses paroles ne semblaient pas mieux comprises par celui à qui il s'adressait. Il reprit à nouveau, mais cette fois, tous pouvaient comprendre ce qu'il dit. Croyait-il que de cette façon, la personne qu'il appelait parviendrait à mieux le comprendre ?

— Mais qu'est-ce que je fais là, moi ? N'ai-je pas des pouvoirs magiques, moi ? Bien sûr que j'en ai…

Tail regarda un instant les gens qui l'encerclaient, puis il ajouta :

— Hé ! On me casse les oreilles avec ça depuis que je suis ici… Tu es l'Élu, Tail… tu devrais savoir !!! Oui ? Alors, faites en sorte que je voie Extarnabie immédiatement ! ordonna-t-il.

Comme certains l'avaient deviné, aucune apparition ne se manifesta sur les ordres que Tail venait de donner aux dieux. Tous savaient que personne ne pouvait donner ainsi des ordres aux dieux, pas même l'Élu. Tail refusait de croire à tous ces ouï-dire. Ces gens ne cessaient de lui dire qu'il était l'Élu, alors il croyait que rien ne pouvait lui être refusé.

Et il reprit de plus belle :

— Si ces gens affirment que je suis l'Élu, alors le moment est venu de le démontrer, vous avez compris… ?

À peine deux secondes s'étaient-elles écoulées à la suite de sa demande grotesque qu'une rage violente l'envahit de plus belle.

Se tenant droit comme un piquet, il leva les yeux vers le ciel et reprit :

— Hé ! Vous, là-haut, vous m'avez compris ? C'est à vous, les dieux, que je parle. J'ai dit : je vous ordonne de me dire où est Extarnabie ! Êtes-vous durs d'oreille ou quoi ? Allô, il y a quelqu'un là-haut ?

Et, comme si c'était devenu un tic nerveux chez lui, Tail commença à tourner à nouveau sur lui-même, toujours dans l'espoir de voir Extarnabie apparaître en lui disant : « Coucou, Tail, je suis ici ! »

— Bon, ça a bien l'air que personne ne veut m'aider… Mais moi, je dois aider tout le monde, par exemple… Et où est Macmaster ?

« Pauvre Tail… Il devra bien se rendre à l'évidence : Extarnabie ne lui fera aucun signe. Il a sûrement déjà été emmené loin d'ici… », pensait Marcuse, impuissant devant la situation.

Seuls leurs vêtements troués, les blessures infligées à leurs corps au cours de cette journée, ainsi que ces monstres allongés sur le sol et les débris qui s'y trouvaient laissaient croire qu'un combat avait vraiment eu lieu. Aucun bruit, aucun mouvement ne laissait croire qu'il y avait toujours des gens près de Tail. Tous étaient devenus muets devant le spectacle qu'il leur avait offert.

Vic, qui se tenait près de Tail, ne s'arrêtait pas vraiment à son comportement. D'ailleurs, les comportements hystériques, il connaissait cela... Il conclut rapidement qu'il n'était pas vraiment à son avantage de tenter de calmer Tail. Il savait très bien à quelle réplique il aurait droit. Alors il se concentrait plutôt sur ce qui le perturbait. Il se demandait davantage pourquoi, parmi les gens qui avaient été libérés, certains n'étaient pas encore sortis.

Vic avait remarqué que la porte menant à la ville souterraine avait été refermée depuis un bon moment maintenant et que personne n'en était ressorti. « Et si je lui posais la question ? » se demanda-t-il.

Et voilà. Il ne fallait que ces quelques mots pour alimenter son imagination. Vic s'imagina un instant interrompre Tail afin de lui demander où étaient passés tous les gens qui étaient avec eux à l'intérieur.

Mais, après y avoir réfléchi, il finit par se résigner à ne pas le lui demander. « Non, tu te calmes, Vic ! Ce n'est pas le temps de lui demander cela », lui dit une petite voix intérieure.

Vic, encore tout échevelé, se mit à se gratter la tête ; ce geste n'améliora pas son apparence, il ressemblait de plus en plus à un porc-épic. Il jeta un petit coup d'œil en direction de Tail et vit que ce dernier ne parvenait toujours pas à se calmer. Alors, il s'imagina pendant un instant oser interrompre Tail dans cette rage.

[N'oublions pas que Vic a une imagination très fertile…]

Son imagination se mit en marche et, comme dans un film, des scènes se mirent à dérouler dans sa tête. Il parvenait déjà à entendre les commentaires qu'il recevrait de ses amis ainsi que des gens présents. Vic s'imagina les voir s'approcher de lui avec de gros os à la main en lui lançant des insultes. Comment avait-il pu oser déconcentrer leur grand Élu, leur sauveur ? « Tu te penses brillant ? Comment oses-tu interrompre l'Élu ainsi ? Qui es-tu pour agir ainsi ? Nous allons te flanquer toute une raclée, tu vas voir… »

Vic imaginait même chez certains d'entre eux la bave qui leur coulait de la bouche. Rapidement, il secoua la tête afin de revenir à la réalité, mais d'autres scènes lui venaient à l'esprit, et toutes pires les unes que les autres. Par chance, Vic finit par reprendre ses esprits et par se dire qu'il valait mieux pour lui ne rien dire. Peut-être bien que ces gens, au fond, étaient tous sortis et qu'il ne les avait simplement pas vus…

Marcuse, de son côté, avait remarqué que quelque chose n'allait pas avec son petit frère. Bien sûr, tous avaient eu une journée très mouvementée, mais cet air-là n'était pas lié au spectacle de Tail. Marcuse connaissait bien Vic et il savait très bien que quelque chose lui trottait dans la tête. Il se dirigea vers lui et lui demanda, en posant la main sur son épaule :

— Ça va, Vic ?

À ces mots, Vic sursauta. Il n'avait pas entendu son frère arriver près de lui. Pendant une fraction de seconde, il se demanda si ses dernières pensées étaient en fait la réalité. Était-ce un monstre qui venait de l'attraper ?

— WAAAAAAAAAAAAAAAAH !

— Vic, ce n'est que moi !

Le cœur lui battait à toute allure.

— Vic ! Qu'est-ce qu'il y a ? demanda Marcuse.

Il était hors de question qu'il lui raconte ce qui venait de se passer dans sa tête. Hors de question !

— Rien, rien… J'étais seulement dans la lune, et je ne t'ai pas entendu, c'est tout…

— Tu en es certain ? insista Marcuse.

— Oui, oui, ça va bien…

— Eh bien, si tu le dis, alors…

Mais c'était loin d'être vrai… Vic était encore sous le choc du contact avec son frère.

— Il se calmera, tu verras…, ajouta Marcuse.

Encore désorienté, Vic ne comprit pas exactement le sens de cette phrase.

— Hein, qui ?

— Tail… Je te parle de Tail, Vic.

— Ah oui, je sais.

Comme Vic n'ajouta rien, Marcuse retourna auprès de sa petite princesse. Il n'était plus question qu'elle s'éloigne de lui.

Cat, qui regardait toujours le spectacle, avait compris elle aussi que Tail n'obtiendrait l'aide de personne en donnant des ordres comme il le faisait. Elle savait très bien que personne ne devait ordonner quoi que ce soit aux dieux. Elle était complètement exténuée, mais décida après quelques instants que c'en était assez, que Tail s'était maintenant assez ridiculisé devant ces gens. Elle décida alors de tenter de le raisonner. Lentement, elle s'approcha et lui dit, le plus doucement possible, afin qu'il se calme un peu :

— Tail, nous allons le retrouver… ne sois pas inquiet.

— Ne sois pas inquiet !? Voyons, Cat, tu te moques de moi, là, j'espère… ?

Surprise de cette réponse, Cat eut un mouvement de recul et lui répondit :

— Non, pourquoi ?

— Regarde tout autour de toi, tu vois bien que cela n'a aucun sens. Alors comment voudrais-tu que je ne sois pas inquiet pour lui ? Je ne sais même pas avec quelle sorte de rapace il peut se trouver en ce moment.

Là, Tail marquait un point. Cat n'avait pas besoin d'un dessin pour comprendre. Elle saisit rapidement le sens de ses allusions. Elle ne pouvait s'imaginer l'endroit où vivait Tail avant de se retrouver là, mais elle en déduit que, dans son monde, il ne devait certainement y avoir aucun monstre. En tout cas, aucun comme ceux-là. Sans compter que le château que voyait Tail ne ressemblait en rien aux bâtiments qu'il pouvait voir chez lui, à son époque, plus de cinq cents ans plus tard… « Tout cela ne peut avoir aucun sens, se disait Cat, puisque dans le monde où nous sommes en ce moment, en 1400, Tail n'est même pas encore né !

Très doucement, elle reprit :

— Écoute-moi. Cela fait maintenant quelques années que tu vis ici. Tu devras un jour accepter le sens de ta vie…

Elle n'eut pas le temps de terminer sa phrase que Tail l'interrompit.

— Le sens de ma vie, dis-tu ? Mais quel sens ? Cette vie n'a aucun sens, voyons ! Regarde tout cela et explique-moi… explique-moi quel est le sens de tout cela, et après, je comprendrai peut-être quel est le sens de ma vie, comme tu le dis, ma chère…

Puis, Tail, un peu frustré par la dernière réplique de Cat, quitta les lieux.

— Attends, Tail, je me suis mal exprimée…, lui dit-elle en tentant de le rejoindre.

Tail ne l'écoutait plus. Il avait une idée bien arrêtée, celle de quitter ces lieux et de tenter de comprendre tout ceci, ou plutôt… *cette vie*, comme Cat le lui avait si bien dit.

Vic vit son ami partir à toute allure et lui cria :

— Mais attends-nous !…

Mais Tail n'écoutait plus. Vic ne pouvait concevoir que son meilleur ami les abandonne ainsi. Marcuse, voyant son frère attristé par le départ de Tail, s'approcha et lui dit simplement :

— Il a besoin d'être seul.

— Il besoin d'être seul ? Pourquoi… ? Mais il nous abandonne, Marcuse… Qu'est-ce que nous avons fait ?

— Ne sois pas inquiet, Vic, il reviendra.

Vic ne répondit pas. Dans son for intérieur, quelque chose lui disait que Tail ne reviendrait pas.

Stupéfaits, tous restaient là à le regarder. Sans les attendre, Tail sauta sur un cheval et s'y installa. D'un sifflement, il appela Curpy. Ce dernier bondit sur Tail comme s'il savait ce qu'il devait faire, s'installa à l'intérieur de son sac, sa petite tête dépassant juste un peu. Curpy savait que de cette façon, il pouvait tous les voir. Avant de partir, il fixa ses amis comme s'il avait voulu leur dire qu'il était désolé de les laisser ainsi. Tail donna quelques ordres au cheval et immédiatement, ce dernier partit au galop. Pour la première fois depuis leur rencontre, Tail laissa derrière lui ses amis.

— Mais qu'est-ce qui lui prend ? demanda Vic.

— Je ne sais pas trop, Vic, répondit Cat.

— Je te l'ai dit, Vic, il a seulement besoin d'être seul, reprit Marcuse.

Le jeune roi s'approcha d'eux et, d'un ton un peu surprenant, leur dit :

— Laissez-le aller.

À ces mots, Vic se retourna vers le jeune roi, ne comprenant pas le sens de ses paroles.

— Le laisser aller ? Et pourquoi ?

Pendant un instant, Vic crut que le jeune roi

cherchait ses mots, mais il changea seulement le ton de sa voix, tentant de l'adoucir, et répondit :

— Eh bien, il se calmera et reviendra ! Restez avec moi pour la nuit. Demain sera un jour nouveau et tout redeviendra normal, vous verrez… Tail sera de retour. Croyez-moi, il ne peut pas aller bien loin, la nuit va tomber d'ici quelques heures.

— Vous croyez ? Vous avez l'air de bien le connaître…, répliqua Marcuse.

Marcuse savait très bien que Tail pouvait se rendre au château. Il devait se dire qu'après tout, il n'avait pas à s'inquiéter pour ses amis puisque Marcuse était là. Mais était-ce bien ce que pensait Tail ?

Sans doute était-il plus sage de se reposer plutôt que de partir, puisque dans quelques heures, la nuit serait déjà bien avancée, mais, malgré tout, le suivre aurait-il été la meilleure solution ? Aucun d'entre eux ne pouvait savoir ce que pensait Tail à cet instant même. Aurait-il été plus sage pour eux de tenter de le retrouver ? Personne n'osait répondre à l'invitation du jeune roi, car aucun d'entre eux ne savait quelle était la meilleure décision à prendre.

Le jeune roi, qui n'avait toujours pas reçu de réponse de leur part, leur adressa à nouveau son invitation, que Marcuse cette fois accepta, malgré sa déception. Vic, Cat et Alexandra se dirigèrent vers l'entrée du château les uns derrière les autres, suivis du jeune roi. Puis Tail disparut.

Au moment où le jeune roi allait pénétrer dans le château, il se retourna vers un garde et lui lança d'un ton sec et menaçant, en pointant les monstres étendus sur le sol :

— Vous savez où jeter ces choses…

Lorsque le garde eut acquiescé d'un signe de la tête, le jeune roi reprit :

— Et n'oubliez pas ce que vous avez à faire ensuite.

Alexandra, qui avait entendu le jeune roi, resta figée sur place. Elle crut un instant qu'il ne s'agissait plus de la même personne. S'étant fait beaucoup plus menaçant qu'au départ, il lui avait fait peur.

Ne s'étant pas aperçu de la présence d'Alexandra, le jeune roi continua à donner quelques ordres aux gardes et, après quelques recommandations, leur demanda de se tenir prêts à une attaque. Puis, sans rien ajouter, il entra à l'intérieur du château.

Alexandra, qui, comme par hasard, avait senti venir la fin de cette conversation, s'était faufilée elle aussi à l'intérieur du château. Apercevant Cat, elle remarqua qu'une grande tristesse avait envahi son visage. Elle comprenait que c'était à cause du départ de Tail. « Comment as-tu pu nous laisser ainsi, Tail ? De quel droit nous as-tu abandonnés ainsi ? » se demandait-elle.

Leur hôte leur indiqua leurs appartements pour la nuit. À sa grande surprise, Marcuse réalisa que le jeune roi lui avait attribué un appartement loin de celui de sa fille.

— N'auriez-vous pas un appartement qui serait plus près de celui de ma fille ? lui demanda-t-il.

— Oui, certainement. Désolé, je n'avais pas prêté attention à cela.

Mais Alexandra soupçonnait de plus en plus ce roi. Droite comme un piquet, elle le regardait d'un drôle d'air, ce que Marcuse remarqua.

— Est-ce que ça va ? lui demanda-t-il.

Comme elle ne lui répondit pas immédiatement, il reprit :

— Préférerais-tu dormir avec moi ?

Aucune réponse ne vint d'Alexandra. Marcuse la prit doucement par le bras afin de la ramener à la réalité.

— Alexandra, ça va ?

Elle cessa de regarder fixement le jeune roi et se tourna vers son père.

— Oui, désolée…

— Préférerais-tu dormir avec moi, mon ange?

« Hein? Laisser Cat seule? Non! Je suis certaine que quelque chose se prépare. » Mais elle ne laissa rien voir de ses pensées.

— Non, papa, je vais dormir avec Cat. Je ne veux pas qu'elle dorme seule.

— Eh bien, c'est gentil pour moi..., lui répondit-il d'un ton moqueur.

Alexandra, très vive d'esprit, avait très bien compris ce qu'il voulait dire. Elle le regarda avec un de ses plus beaux sourires et lui dit :

— Bien non, mon beau petit papa d'amour... Tu sais, je ne te délaisse pas, voyons! Tu sais que je t'aime fort...

À voir le regard de son père, il était évident qu'il venait d'entendre ce qu'il voulait.

— Bon, d'accord, je vais dormir seul comme un grand garçon...

Après le départ du jeune roi, les filles entrèrent les premières dans leur appartement et chacune s'allongea, exténuée par cette journée interminable.

Après être resté quelques minutes devant la porte de la chambre de sa fille pour s'assurer que tout allait bien, Marcuse était disparu à son tour dans ses appartements.

Vic, de son côté, ne comprenait pas pourquoi Marcuse ne lui avait pas offert de partager ses appartements : après tout, n'était-il pas son frère ? Voyant qu'il ne recevait aucune invitation de la part de Marcuse, Vic avait fait comme les filles, il était disparu à son tour.

Lorsqu'il pénétra dans ses appartements, Vic regarda tout autour de lui. La pièce avait beau être de toute beauté, rien dans tout cela ne le rassurait. L'idée de dormir seul dans cette pièce ne l'enchantait pas vraiment. Vic regardait la décoration.

— Qui a bien pu avoir l'idée de mettre autant d'armures ?

Une petite voix se fit entendre dans son for intérieur : « Qui sait si quelqu'un ne s'y cache pas ? » Vic s'approcha doucement de l'armure la plus près afin de vérifier si quelqu'un s'y trouvait. Après réflexion, il rebroussa chemin, de peur d'y trouver véritablement quelqu'un.

— Si tu sors de là, je te tue ! finit-il par lancer pour tenter de se rassurer.

Malgré tout, il ne s'imaginait pas aller voir Marcuse pour lui demander de dormir avec lui. « Marcuse, j'ai peur… Est-ce que je pourrais dormir avec toi ? Pas question. OH NON !!! »

Vic préféra sauter dans le lit et se cacher sous les couvertures.

Pourtant, Marcuse aurait aimé partager ses appartements avec son petit frère. Mais il croyait que s'il lui avait posé la question, Vic se serait senti offusqué, prenant cette demande pour un signe de faiblesse. Il aurait pourtant été si simple de lui en parler…

Pendant un instant, Cat se remémora la journée invraisemblable qu'ils avaient vécue et ces pauvres gens qui étaient devenus esclaves de ce souterrain. Sans parler de ce pauvre jeune roi, enfermé dans cette cage suspendue dans le vide, et de ces monstres affreux... Tout cela pour se retrouver à leur point de départ : ils n'avaient toujours pas retrouvé Extarnabie.

À quelques pas de là, Cat parvenait à comprendre la déception de Tail : Extarnabie, tout comme Macmaster et Barnadine, était un membre important dans cette nouvelle vie. Elle comprenait qu'aux yeux de Tail, ne pas avoir retrouvé Extarnabie représentait un échec. Tail n'avait connu aucun échec à ce jour, comme il le leur disait si bien : « J'ai seulement eu de la chance. »

Cat était ainsi allongée sur le lit, songeant à son

ami qui les avait quittés, quand une petite voix la tira de ses pensées. Allongée près d'elle, Alexandra lui demanda :

— Cat, est-ce que tu dors ?

— Non, pourquoi ?

— Bien, quelque chose me dit que nous n'aurions pas dû rester ici…

— Pourquoi ?

— Je ne sais pas, Cat, mais j'ai une mauvaise impression.

— Ne sois pas inquiète. Je crois que ton inquiétude est simplement due à cette dure journée que nous venons de passer. Nous sommes en sécurité, maintenant que tout est redevenu normal.

— Tu crois ? Alors, pourquoi a-t-il parlé d'une attaque ?

— De qui parles-tu ?

— Le jeune roi… Je l'ai entendu le dire à ses gardes.

— Qu'as-tu entendu exactement ?

— Qu'ils devaient se tenir prêts pour une attaque…

— Hum… Je me demande ce que ça peut bien vouloir dire… On ne nous attaquera certainement pas ce soir en tout cas. Et puis, la garde du jeune roi sera prête. Tu peux dormir tranquille, il n'y a plus de danger maintenant…

— Tu en es certaine ? Et si c'était lui, le danger ?

— Lui… Le jeune roi ?

— Oui !

— Mais voyons, Alexandra… Pour quelle raison aurait-il fait tout cela ?

— Je ne sais pas…

— C'est ton imagination qui te joue des tours, ma petite cocotte. Ne crains rien, tu es maintenant en sécurité ici. Et demain, nous retournerons au château. Et puis ton père est près de nous, je te rappelle…

— D'accord. Si tu le dis…

Mais au fond, Alexandra n'en croyait pas un mot. Dans son for intérieur, elle sentait que quelque chose allait arriver. « Ils ont capturé l'un des plus grands sages, alors ils peuvent bien parvenir à capturer mon père… », se disait-elle.

Marcuse était un grand chevalier, mais il ne possédait aucun moyen pour lutter contre la magie.

Cat avait dit ces mots pour rassurer Alexandra, mais voilà qu'un doute venait s'installer dans son esprit. « Et si elle disait vrai ? Non, impossible… Voyons, Cat, reprends-toi… »

PENDANT CE TEMPS, DE SON CÔTÉ, Tail avançait dans la forêt et dans la nuit maintenant bien entamée.

— Je suis tellement fatigué de tout cela… Se battre sans jamais arriver à tout régler. Il y a toujours quelque chose qui survient pour que je ne puisse jamais en finir. Au fond, n'étais-je pas mieux à l'orphelinat, à faire les petits caprices de Barbouton ? Ce n'était pas si pénible au fond, comparé à cela. Je n'avais même pas à m'en faire pour personne.

Tail avançait dans la nuit en s'interrogeant sur cette nouvelle vie, sans même penser à ses amis. Aucune pensée pour eux, aucune inquiétude de savoir s'ils étaient en sécurité. Il était seulement à la recherche d'une réponse à ses questions.

Les heures passèrent et le soleil revint. Tail ne s'était pas aperçu de ce changement. Plongé dans ses pensées profondes, il ne voyait pas le temps passer. Il était tellement concentré pour tenter de comprendre ce qui se passait qu'il n'entendit même pas le bruit des pas qui s'approchaient de lui.

Depuis quelques instants déjà, un groupe de gens le suivait. Ils avaient un plaisir fou à voir que Tail ne les apercevait pas. Ainsi eurent-ils tout le temps voulu pour se préparer à le piéger. En un tournemain, Tail fut pris au piège.

— Mais lâchez-moi ! Hé ! espèces de fous ! Mais arrêtez ! Qu'est-ce que vous me voulez ? Qui êtes-vous ?

Tail les examina.

— Mais qu'est-ce que c'est que ça, encore ? De quel endroit... mais d'où sortez-vous ?

Tail était étonné de remarquer que pour une fois, ses attaquants avaient l'air d'humains normaux, aucunement comparables aux monstres qu'il avait vus au château. Ceux-ci ressemblaient davantage à des fermiers qu'à des chevaliers. Mais il ne fallait pas sous-estimer leur force, car l'un d'eux s'empara de Tail comme s'il pesait à peine un kilo et lui dit :

— Écoute-moi, petit roi… Ferme-la ! Tu m'as compris ?

— Hé ! comment ça, *petit roi ?* Je ne suis pas un roi !

— Oui, oui ! Tu diras cela à notre chef, petite peste.

— Pourquoi me traitez-vous de petite peste ?

— Fous-moi la paix avec tes questions !… Je t'ai dit de la fermer, t'as compris ? dit ce dernier avec un air menaçant.

Tail comprit qu'il n'y pouvait rien et il se sentit transporté en un tournemain, comme une poche de patates.

Et il disparut dans les bois.

Complètement déprimé, Tail se convainquit que lorsque arriverait leur chef, il s'apercevrait forcément qu'il n'était pas le jeune roi. Mais d'autres questions le dérangeaient : pourquoi diable ce chef voulait-il emprisonner le jeune roi ? Et pourquoi l'avait-il surnommé « petite peste » ?

Pendant que tous dormaient dans le château, le jeune roi préparait une contre-attaque. La petite Alexandra avait bel et bien deviné son jeu.

Tour à tour, Alexandra, Cat et Vic furent faits prisonniers. Comme dans un véritable tour de magie, les gardes avaient pénétré dans leurs appartements en toute discrétion et avaient doucement déposé un linge imbibé de somnifère sur leur visage. Ils tombèrent ainsi dans un sommeil profond. Aucun d'entre eux n'eut conscience d'être transporté jusqu'au cachot. Ce n'est qu'à leur réveil qu'ils découvrirent dans quelle situation ils étaient.

— Mais…, fit Vic en s'éveillant.

Cat regardait autour d'elle et ne comprenait rien à ce qui s'était passé. Ils étaient de retour à la case départ, mais dans une tout autre situation : maintenant, c'était eux, les prisonniers. Vic, qui s'était levé d'un bond pour regarder à travers les fissures de la porte du cachot, s'aperçut que les gens qu'ils avaient libérés n'étaient pas tous sortis du château, que certains d'entre eux se trouvaient toujours là.

À son tour, Alexandra avait ouvert les yeux.

— Mais où est mon père?

Elle regarda tout autour et ne le vit pas.

— Je ne sais pas, répondit Vic.

— J'ai peur, Vic!

— Ne sois pas inquiète, Alexandra... Marcuse ne les laissera pas faire. Il va trouver une solution, répondit Vic, tentant de la consoler.

— Tu crois? Mais où est-il alors?

— Sûrement pas loin d'ici...

Alexandra appela son père de toutes ses forces, mais aucune réponse ne lui parvint. Cat s'approcha doucement d'elle, mais Alexandra était furieuse et s'adressa à elle sur un ton accusateur.

— Je t'avais dit, Cat... Je t'avais dit!

Vic se retourna vers Alexandra :

— Tu lui avais dit quoi? demanda-t-il.

— Que quelque chose allait arriver! répondit Alexandra en larmes.

Vic, qui ne comprenait pas tout à fait ce que disait Alexandra, questionna Cat.

— De quoi parle-t-elle exactement ?

— Comment aurais-je pu deviner qu'elle disait vrai ?

— Que veux-tu dire ?

— Que le jeune roi préparait quelque chose…

— J'aurais eu un doute, moi, répondit Vic d'un ton sec.

— Toi, tu aurais eu un doute ? Ah oui, j'oubliais ! Le grand chevalier Vic qui sait tout ! Naturellement, toi, le grand chevalier brave, tu nous aurais sortis de là en un rien de temps, n'est-ce pas, Vic ? D'ailleurs, personne ne peut confirmer que c'est le roi Jonathan…

Vic ne riposta pas, car les paroles de Cat le blessèrent.

Cat regardait tout autour : rien que des murs de pierre. Mais que s'était-il passé ? Comment étaient-ils arrivés là ? Et ce jeune roi, où se trouvait-il ? Autant de questions sans réponses.

Ainsi la journée avança, mais ce n'est que plus tard dans la soirée que tous eurent une réponse à leur question, lorsque la fenêtre de la porte du cachot s'ouvrit. À la grande surprise de Cat, c'est le roi qui y apparut.

— Toi ! Comment as-tu pu oser, espèce de malade ! lui lança Vic.

Le jeune roi les regardait avec un sourire satisfait.

— Mais je ne comprends pas… Il me semblait que c'était votre frère, le méchant…, demanda Cat.

Le roi la fixa un instant sans dire le moindre mot. Elle crut un moment qu'il regrettait ce qu'il avait fait, mais cette pensée fut de courte durée.

— Un frère, moi ? Vous y avez vraiment cru ? Franchement, vous êtes plus lamentables que je le croyais !

— Vous n'êtes qu'un pauvre fou !… Où est mon père ?

— Ne sois pas inquiète, il va bien. Bon, peut-être est-il un peu endormi, mais il va bien.

Croyant qu'il avait terminé, Alexandra allait lui répondre, mais le roi reprit :

— Et il n'en tient qu'à toi qu'il reste vivant !

— Quoi ! ?

Alexandra ne put en entendre davantage, elle éclata en pleurs. Pourquoi n'en tenait-il qu'à elle qu'il aille bien ? Que voulaient dire ces mots ?

Cat, sous le choc de ce que le roi venait de dire, prit quelques secondes avant de réagir.

— Vous êtes complètement fou ! Mais pourquoi faites-vous tout cela ?

— Voyons, c'est pourtant facile à comprendre... Le pouvoir ! Vous connaissez ce mot, le POUVOIR ? Vous comprenez, je suis le plus jeune roi qui ait jamais existé. Il ne vous est jamais venu à l'esprit qu'il y avait sûrement une raison valable à cela ? Voyons, je vous surestimais, mes chers... Ce n'est pas pour rien ! Écoutez-moi. Je suis jeune et les dieux m'ont donné la chance de me faire valoir en étant le plus jeune roi au monde. Ils m'ont donné comme mission d'être le seul roi dans ce monde. Le seul, vous comprenez ? C'est pourtant facile à comprendre !...

— Vous êtes complètement fou ! Il y a des centaines de rois dans ce monde... D'ailleurs, comment pouvez-vous penser une seule minute pouvoir devenir le seul roi ? Croyez-vous vraiment que qui que ce soit sera d'accord avec cela ? rétorqua Cat.

— Je n'ai pas besoin que qui que ce soit soit d'accord avec cela, ma chère. J'en prends le droit, c'est aussi simple que cela ! Je sais que les dieux en ont décidé ainsi et c'est pour cette raison que mon père est décédé si jeune...

— Mais vous êtes complètement fou ! Vous croyez que votre père est mort pour cette raison ? Vous croyez vraiment que les dieux sont derrière cela ? lui répondit Cat.

— C'est pour cela que vous avez enlevé Extarnabie ? Vous avez cru qu'en utilisant la magie des sages, vous pourriez arriver à vos fins ? lui répondit Vic.

— Tiens, tiens ! Tu n'es pas si bête que cela au fond…

Insulté, Vic lui répondit :

— Vous vous prenez pour qui, au juste, en me traitant ainsi ?

— Le roi ! répondit-il, avant de refermer la fenêtre de la porte en éclatant de rire. Pauvre gamin ! ajouta-t-il à l'intention de Vic avant de s'éloigner.

— Hé ! Attendez ! Je n'ai pas terminé ! lança Cat.

— Moi, oui ! dit-il en s'éloignant.

— Mais pourquoi ? Pourquoi avoir laissé croire que… Non, je crois avoir compris. Il croyait qu'en agissant ainsi, Macmaster accompagnerait Tail et qu'il pourrait les avoir tous les deux du même coup, expliqua Cat.

— Mais voilà, Tail est parti, alors il n'a pas encore

ce qu'il cherche et, en nous gardant ici bien en vie, il sait que Tail reviendra…, poursuivit Vic.

— Oui, tu as bien raison. Tout cela est très plausible, lui répondit Alexandra.

— Mais qu'allons-nous faire maintenant? demanda Vic. Tail n'est plus là, il nous a abandonnés ici…

— Il va revenir, voyons... Il était seulement fâché parce qu'il ne retrouvait pas Extarnabie, dit Cat pour les encourager.

— Oui, mais il n'a rien vu de tout cela…?

— Vic, Tail n'est pas un voyant…

— Mais il voit des choses!

— En quelque sorte, oui! Il peut avoir des visions, mais il ne voit pas tout ce qui va arriver. Sinon, il ne se demanderait pas sans cesse ce qu'il fait ici…

— Oui, là, je suis d'accord avec toi, répondit Alexandra.

— Donc, si je comprends bien, il y a quatre-vingt-dix-neuf pour cent des chances qu'il ne puisse pas savoir que nous sommes retenus ici…?

— Vic, Tail est parti en direction du château! Un jour ou l'autre, il s'apercevra bien que nous ne sommes pas rentrés.

— Ouais… Espérons qu'il ne sera pas trop tard…

— Vic !

— Mais quoi ! C'est vrai, non ?

Cat préféra ne pas lui répondre. Vic était de retour à la case départ. Il n'avait plus confiance en lui. D'ailleurs, il se voyait déjà fêter son quatre-vingtième anniversaire dans ce cachot.

Tail avait été transporté dans un petit village, parfaitement dissimulé dans les bois. Il avait bien hâte de rencontrer le chef de leur groupe pour qu'il s'aperçoive enfin qu'il y avait erreur sur la personne. À son grand désespoir, le chef était absent.

— Attachez-le à cet arbre ! ordonna l'un d'eux.

En quelques mouvements, Tail fut attaché. Il ne tenta nullement de riposter. Il avait compris que cela ne servirait à rien. Il valait mieux pour lui se laisser prendre et attendre le retour du chef. Tail passa la journée ainsi attaché à l'arbre. Ce n'est qu'à la fin de la journée, alors qu'il avait eu le temps de retrouver son calme, qu'il eut une pensée pour ses amis.

« Comment ai-je pu les abandonner ainsi ? Mais où avais-je la tête ! Qu'est-ce qui m'a pris ? Sont-ils eux aussi emprisonnés quelque part ? Comment le savoir, je les ai abandonnés... Curpy! Mais où ont-ils emmené Curpy?... »

La nuit tomba et le chef n'était toujours pas de retour. Vers minuit, Tail entendit des voix. Cette fois, le chef était là. Mais, à sa grande déception, il ne s'approcha pas de lui mais dit simplement :

— Bon travail. Je m'en occuperai demain.

— Comment! Vous êtes fou? Je vais passer toute la nuit attaché à cet arbre? Mais pourquoi ne pas venir me voir, je ne suis même pas celui que vous prétendez que je suis...

Tail crut alors que le chef s'avançait vers lui, mais il n'en était rien.

— Hé! Ici...! Venez me voir. Allô! Monsieur!!!!!

Voyant qu'il ne réagissait pas, Tail ajouta :

— Hé, je te dis..., puis abandonna, laissant échapper un soupir de découragement.

Le chef se dirigea tranquillement vers le campement, sans même prendre le temps de se retourner pour écouter ce que Tail voulait lui dire.

Malgré la faim qu'il ressentait et le fait qu'il était attaché à un arbre, Tail s'endormit. Comment parvint-il à s'endormir ainsi? Peu importe. Après deux jours sans sommeil, n'importe qui en aurait fait autant.

Les rayons du soleil vinrent jouer sur le visage de Tail, ce qui le réveilla. Les gens se levèrent les uns après les autres et chacun d'eux passa près de lui, certains lui crachant même au visage.

— Ouache ! C'est dégoûtant… Dites-moi, qu'ai-je fait de mal ? demanda-t-il.

Puis il pensa : Si ces gens me prennent pour le jeune roi, alors qu'a-t-il fait de mal, lui ? Pourtant, il a libéré tous ces gens, alors je n'y comprends ri… Mais non… ! Ce n'est pas possible… Non ! Cela ne peut pas être vrai… voyons ! Il n'a pas manigancé tout cela… ? Je lui aurais servi Cat, Vic et Alexandra sur un plateau d'argent ? Non… ! Dites-moi que ce n'est pas possible…

Tail regardait tout autour de lui à la recherche du chef, mais personne n'avait l'air d'un chef plus que les autres.

— Hé, vous ! appela Tail.

Un homme se retourna.

— Où est votre chef ?

Mais l'homme ne lui répondit pas et poursuivit son chemin.

— Entendez-vous ce que je vous dis ? Vous vous êtes trompés de personne. Je ne suis pas le jeune roi… Je m'appelle Tail !

Ce nom sembla lui dire quelque chose. L'homme se retourna et le fixa du regard.

— Je ne suis pas le jeune roi, reprit Tail.

Mais l'homme reprit son chemin. Pourquoi donc le nom de Tail avait-il provoqué chez lui une hésitation ?

— Mais pourquoi personne ne veut m'écouter ici ! Je vous dis que je ne suis pas le jeune roi…

Comme le jeune roi avait été gardé caché de tous, personne ne connaissait son apparence.

— Mais où est mon sac ? Où est Curpy ?

Quelques heures passèrent et tous les gens du village partirent. Tail ressentit une impression bizarre, comme s'ils avaient tous quitté cet endroit à tout jamais. L'impression qu'ils avaient accompli ce qu'ils avaient à faire avant de retourner à l'endroit d'où ils venaient… L'impression qu'ils le quittaient comme s'ils avaient simplement fait ce qu'ils avaient à faire pour ensuite rentrer chez eux.

— Ce n'est pas possible, ils vont revenir…

Toujours prisonnier de l'arbre, Tail ne mit pas longtemps à comprendre que tous avaient quitté le campement et l'avaient abandonné. Les heures passèrent, puis un bruit attira son attention. Il était évident que des vautours viendraient roder autour de lui à un moment ou un autre, car il était maintenant devenu une proie facile à leurs yeux.

— Bien sûr, il ne manquait plus qu'eux…

Il ne pouvait rien y faire. Les vautours tournèrent quelques instants autour de lui, puis l'un d'eux osa s'approcher davantage.

— Tu es atrocement laid ! Est-ce qu'on te l'a déjà dit ? Si tu t'approches encore, je te promets que je te tue… Tu as compris, espèce de rapace emplumé ?

Comme s'il avait compris le sens des paroles de Tail, le vautour restait là à le fixer. Bien sûr ! Qui pourrait avoir peur des paroles d'un garçon attaché à un arbre ? Comment pourrait-il bien lui faire du mal ?

Tail se mit à lui lancer des coups de pied, seules ses jambes n'étant pas ligotées. Le vautour recula de quelques pas et s'arrêta pour le regarder à nouveau. Tail ressentit une désagréable impression. Il se demanda si le vautour avait pris ses menaces au sérieux ou s'il réfléchissait plutôt à une autre façon de s'approcher plus près.

Malgré les menaces de Tail, un autre vautour se joignit au premier. Ils étaient maintenant deux à le dévisager.

— Ça va de mieux en mieux!... Je suis, comme on dit, dans un beau pétrin!

Tail avait beau tenter de les éloigner le plus possible, l'un des vautours ignora les coups reçus et, d'un coup de bec, pinça Tail et lui arracha un morceau de peau sur la jambe.

— Ayoye!

Tail se débattait du mieux qu'il pouvait, mais le vautour revenait toujours à l'attaque. Il avait maintenant eu un avant-goût et en désirait plus...

— Espèce d'emplumé! Ça va être ta fête si je me détache...

PENDANT CE TEMPS, AU CHÂTEAU, l'alerte avait été sonnée. On avait eu vent de l'histoire de Jothanisia. Des habitants du château du jeune roi avaient réussi à s'enfuir et avaient fait circuler les informations à son sujet. Tous n'y croyaient pas, mais l'absence prolongée de Marcuse avait convaincu Isabella que cette histoire était vraie. Elle ordonna donc qu'une nouvelle section de gardes parte à leur recherche. Cette fois, Isabella ferait elle-même partie de cette troupe. Aussitôt après avoir donné ses ordres, elle retourna à ses appartements, sortit du placard un énorme coffre et l'ouvrit.

Pendant un instant, elle en examina le contenu. Des souvenirs lointains lui revenaient à la mémoire. Cela faisait maintenant des années qu'elle n'avait pas revêtu cette armure, mais le temps était venu de le faire à nouveau. Il était hors de question de laisser les deux personnes qui lui étaient les plus chères au monde prisonnières de cet énergumène de roi.

Elle enfila son armure en un temps record. Lorsqu'ils la virent arriver dehors, les gardes restèrent bouche bée : Isabella était de retour.

— Allez, nous partons!...

— Attendez! Attendez!

Isabella se retourna et vit arriver au pas de course Macmaster et Barnadine.

[Bon, un instant ici... Entre vous et moi, au pas de course, cela est peut-être un peu exagéré... Imaginez un instant des personnes d'un certain âge, je dirais même d'un âge vraiment avancé, qui arrivent à la course... Mais n'oubliez pas de les imaginer avec leur grande tunique! Alors...? Croyez-vous vraiment qu'ils pouvaient avancer au pas de course? Reprenons notre histoire...]

La reine leur demanda :

— Mais que faites-vous donc?

À bout de souffle, les deux sages lui firent signe d'attendre un instant.

— Nous... nous... Un instant, je te prie, demanda Macmaster, qui tentait toujours de reprendre son souffle.

— Nous t'accompagnons, ma chère!

— Vous ?

— Oui. Cette fois tu auras besoin de notre présence, Isabella, répondit Barnadine, tout essoufflé.

— Comment ! Vous avez peine à respirer…

— Allez ! Nous avons assez perdu de temps maintenant ! ajouta Macmaster.

Isabella n'en demanda pas plus. Elle comprit que si Macmaster prenait la peine de venir avec eux, c'est qu'il devait en être ainsi. Elle demanda à un chevalier de leur seller deux montures, et en moins de temps qu'il n'en faut pour le dire, ce dernier réapparut avec les deux montures demandées. Barnadine ne put s'empêcher de faire une remarque lorsqu'il vit le chevalier revenir.

— Est-ce un cheval ou bien une mule que vous m'amenez là, jeune homme ?

Plusieurs rires se firent entendre. Il était vrai que sa monture ressemblait davantage à une picouille qu'à un jeune étalon, mais il ne fallait pas se fier aux apparences, l'entendait-on souvent répéter lui-même.

— C'est une bonne jument docile, croyez-moi, Monsieur, répondit le jeune chevalier, qui évidemment en était à ses débuts.

Le jeune chevalier ne savait pas s'il devait rire ou se confondre en excuses.

— Si tu le dis! répondit Barnadine un peu perplexe.

— Allez, Barnadine, cesse de te plaindre et monte! lança Macmaster.

— Facile à dire… Toi, tu as un étalon!

Barnadine tenta de relever sa tunique pour ne pas piquer du nez.

— Allez, vieux grincheux… Monte maintenant…, lui dit Macmaster.

Barnadine regarda Macmaster d'un air mécontent.

— Tu te penses drôle?

Macmaster se gratouilla la barbe et lui répondit simplement entre deux rires :

— Hum… Je crois que oui!

Pour mettre un terme à tout cela, la reine reprit la parole.

— Pardonnez-moi, messieurs, mais nous devons y aller maintenant. Allons-y.

Sur ces mots, tous partirent au galop.

À L'INTÉRIEUR DE LEUR CACHOT, Alexandra, Cat et Vic perdaient peu à peu espoir que Tail revienne.

— Si je me souviens bien, Cat, tu nous avais dit qu'il reviendrait…, dit Alexandra.

— Oui, mais Tail n'est sûrement pas encore rentré au château, répondit-elle.

— Et s'il n'y rentre jamais? demanda Vic, complètement démoralisé.

— Que veux-tu dire? poursuivit Alexandra.

— Qui sait, il est peut-être pris au piège, lui aussi! Et si c'est le cas, il ne pourra jamais venir nous chercher… et personne au château ne saura qu'il n'est plus avec nous! En plus, comme Marcuse est avec nous, personne ne s'inquiétera pour nous…

Il y eut un moment de silence.

« Cette fois, Vic a peut-être vu juste », pensa Cat.

Puis, des bruits de pas qui s'approchaient d'eux attirèrent soudainement leur attention. Quelques instants plus tard, le bruit du loquet de la porte se fit entendre.

À peine la porte fut-elle entrouverte qu'ils purent apercevoir les six gardes de l'autre côté. L'un après l'autre, ils pénétrèrent à l'intérieur du cachot et, deux par deux, prirent Alexandra, Cat et Vic. En un tournemain, ils se retrouvèrent attachés, tous les trois liés par un câble.

— Mais où veulent-ils nous emmener? demanda Alexandra en pleurs.

Cette fois, elle n'avait pu cacher sa peur, car elle était vraiment inquiète de la tournure que prenaient les choses.

D'un coup brusque, l'un des gardes les entraîna hors du cachot en leur faisant comprendre d'avancer sans pleurnicher.

— Mais où nous emmenez-vous? demanda Cat.

Naturellement, personne ne répondit.

Ce ne fut pas bien long qu'ils comprirent vers où ils les emmenaient.

— Ils nous emmènent dans cette ville souterraine…, Cat.

— Pourquoi nous emmèneraient-ils à cet endroit? Nous étions déjà enfermés ici…, demanda Alexandra.

— Je n'en sais rien! Peut-être parce que quelqu'un va bientôt arriver pour venir nous chercher…? Oui! Je suis certaine que c'est cela… Ils vont leur faire croire que nous ne sommes pas là…

Sur ces mots, Vic s'arrêta. Il y avait enfin un petit espoir…

— Oui, tu as raison, Cat!

Comme Vic marchait devant, tous n'eurent d'autre choix que de s'arrêter derrière lui. Mais le garde qui fermait la marche ne regardait pas devant lui. Il se heurta contre Cat, qui se trouvait juste devant et, déstabilisé, il trébucha contre son pied droit et alla terminer sa course face première contre le sol. Insulté, il se mit à crier des injures à l'intention de Vic, mais ce dernier éclata de rire. Était-ce dû au stress ou bien riait-il vraiment de lui? Lorsqu'il vit la réaction du garde, Vic mit immédiatement fin à son petit rire, car ce dernier avait un regard un peu trop menaçant à son goût. Il choisit plutôt de reprendre son chemin.

Ils arrivèrent enfin devant une porte menant à la ville souterraine. Un immense sourire s'afficha alors sur le visage de l'un des gardes, qui l'ouvrit. À peine eurent-ils le temps d'entendre le grincement de la porte qu'ils furent projetés à l'intérieur. Ils entendirent alors un rire ridicule. Vic reconnut immédiatement de qui provenait ce rire. Le garde était fier de faire comprendre à Vic que c'était maintenant à son tour de rire de lui… Cette fois, Vic ne trouvait plus cela drôle.

Cela ne prit que quelques minutes pour qu'ils se retrouvent à nouveau tous les trois dans un cachot. La porte se referma, puis ils entendirent les gardes s'éloigner.

Cette fois, Cat ne répliqua pas, car elle avait aimé le spectacle tout autant que Vic et elle s'en délectait encore. D'ailleurs, qui n'aurait pas été pris d'un fou rire à voir ce garde faire un vol plané vers le sol ?

À nouveau, ils se retrouvaient dans l'un des cahots qu'ils avaient visités quelques heures plus tôt. Vic se mit à se plaindre sans arrêt mais, soudain, entre deux plaintes, Alexandra entendit quelque chose.

— Vic, arrête.

— Pourquoi ? Nous sommes perdus. Nous sommes foutus…, répliqua-t-il.
— Chut… Écoute !!! demanda à nouveau Alexandra qui, cette fois, lui lança une telle paire d'yeux que Vic ne put faire autrement que se taire.
— Est-ce vous ?
— Mais qui a dit cela ? demanda Alexandra.
— C'est moi !
— Papa !!! Mais où es-tu ?
— De l'autre côté !

Alexandra s'allongea, le nez complètement aplati contre le sol, pour pouvoir regarder sous la porte. Malheureusement, même dans cette position, elle n'y voyait rien.

— Je ne peux pas te voir !
— Je sais, moi non plus…
— Comment allons-nous faire, si toi aussi tu es enfermé ? Comment allons-nous sortir d'ici ?
— Je ne sais pas, mon cœur, je cherche une solution…

Marcuse ne termina pas sa phrase, car au fond, pris dans ce cachot, il savait très bien qu'il ne pouvait rien faire.

Alexandra reprit :

— Toi, papa, tu ne pourrais pas faire apparaître le Chevalier Blanc, dis ?

— Non, seuls Macmaster et Tail le peuvent…

— Ah !

— Tu ne pourrais pas défoncer la porte, par hasard… ?

— J'aimerais bien, mon cœur…

Ils étaient à nouveau pris au piège. La journée s'écoula sans que personne vienne leur rendre visite. Alexandra ne lâcha pas prise. Toutes les trente minutes, elle questionnait à nouveau le pauvre Marcuse pour savoir s'il n'avait pas trouvé une solution.

LA NUIT TOMBA ET TAIL, blessé à la jambe, s'était bien juré de ne pas s'endormir. Il savait trop bien que ces espèces de vautours n'attendaient que cela.

— Si seulement Curpy était là… Lui, il pourrait me détacher… Mais où peut-il bien être? Qu'est-ce qu'ils lui ont fait?

Tail se mit à hurler le nom de Curpy dans l'espoir qu'il parvienne à l'entendre. Entre deux appels, il entendit un petit cri. Oui, c'était bien le cri de Curpy! Ce dernier lui disait qu'il était près de lui…

— Curpy, c'est toi?

À nouveau, Tail entendit son cri.

— Es-tu enfermé dans une de ces cabanes?

Un cri se fit entendre à nouveau. C'était comme si Curpy tentait de dire à Tail qu'il avait compris qu'il était lui aussi pris au piège.

— Mais tu ne peux pas te servir de tes pouvoirs… ?

Comment Curpy aurait-il pu se servir de ses pouvoirs ? Il n'était que Curpy, un furet, et en plus, il avait été ligoté et suspendu à un bout de bois comme si l'on avait eu l'intention de le faire cuire. Mais Tail ne pouvait pas savoir...

Curpy émit à nouveau un petit cri qui, cette fois, ressemblait davantage à un appel de détresse. Tail comprit alors qu'il n'était pas en position de faire quoi que ce soit.

— Tu es pris au piège comme moi, n'est-ce pas ?

À nouveau, Curpy émit ce petit cri et Tail comprit.

— Mais à quoi servent les pouvoirs si nous ne pouvons pas nous en servir ? Ne t'inquiète pas, Curpy, je vais trouver une solution pour nous sortir d'ici… Si seulement j'avais mon sac…

Malheureusement, cette fois, Curpy ne pouvait lui apporter son aide. Comme si cela ne suffisait pas, Tail se mit à entendre des hurlements.

— Mais qu'est-ce que c'est que cela encore ?

Tail regarda autour de lui pour voir d'où provenaient ces hurlements. Des hurlements de loup auraient été faciles à reconnaître, mais ceux qu'il entendait n'en étaient pas. Tail avait même cru un instant reconnaître dans ces hurlements des grognements de gorille. « Voyons, ça ne va pas bien dans ta tête ! Non, Tail, ton imagination ne va pas bien du tout ! »

Tail entendait ces êtres s'approcher. Ils marchaient d'un pas si lourd que le sol se mit à trembler et les arbres, à bouger. Plus ils approchaient, plus ils lui semblaient nombreux. Mais qu'est-ce que cela pouvait bien être ? Qui sait, attaché à cet arbre, peut-être Tail allait-il servir de repas ? De toute manière, il ne pouvait rien y faire.

Brusquement, d'horribles choses sortirent des bois et se mirent à faire à grands pas le tour de toutes les cabanes.

— Wow ! Les monstres que je vois ne cessent d'être de plus en plus laids ! Mais qu'est-ce que c'est que cela ? se demanda Tail. Ça alors… Y a-t-il quelqu'un qui se spécialise dans le clonage dans la région ? Quelqu'un lui a-t-il déjà dit que croiser des gorilles avec des êtres humains pouvait vraiment faire dur ? Au moins, il n'y a pas de risque qu'ils se reproduisent ! Voyons… qui pourrait bien les trouver beaux ?

Des grognements sortirent alors Tail de ses pensées. Il vit quelques-uns d'entre eux entrer dans la cabane d'où provenaient les cris de Curpy puis l'un d'eux ressortir avec lui. D'après son charabia et l'expression de son visage, Tail parvint à deviner qu'il était heureux d'avoir trouvé Curpy. Il le tenait tout contre lui avec ses énormes mains poilues et le cajolait comme un petit bébé. Les autres s'en approchèrent. Ils étaient tous émerveillés par cette petite chose toute blanche. « Ouin… Malgré leur laideur, ils n'ont pas l'air si méchant… Et je dirais qu'ils ont un visage de troll… Oui, c'est bien cela, un mélange de gorille, d'humain et de troll… »

Un énorme cri se fit alors entendre, mettant fin aux réflexions de Tail. Les monstres se préparaient à partir. Ils s'avancèrent un peu en direction de Tail – qui était toujours sous le choc devant cette laideur –, comme s'ils attendaient les instructions de leur chef pour savoir ce qu'ils allaient faire de lui. Tail les observait attentivement pour comprendre ce qu'ils se préparaient à faire, mais à sa grande surprise, ils ne firent rien. Ils disparurent seulement avec Curpy.

— Hé! Attendez!!! Curpy! Curpy! Non… Il ne manquait plus que cela. Je suis seul maintenant. Curpy… Je suis vraiment désolé de ne pas avoir été à la hauteur…

C'en était trop. Cette fois, Tail ne put retenir sa

peine davantage. Des larmes commencèrent à glisser le long de son visage. Non seulement il avait perdu ses amis, mais il venait maintenant de perdre Curpy. Il leva les yeux au ciel et s'adressa aux dieux.

— Je vous demande pardon pour mon égoïsme. Je vous demande pardon d'avoir agi ainsi envers vous. Maintenant, mes amis ont certainement tous été faits prisonniers par ma faute. J'ai mis en danger toutes les personnes qui sont chères à mes yeux.

Tail ferma les yeux. Cette fois, il n'en pouvait plus. Il ne savait plus comment venir en aide à ses amis. S'ils étaient encore ses amis, car il les avait abandonnés sans scrupule.

Comme si ce n'était pas assez, les vautours étaient de retour. Cette fois, Tail les regarda et leur dit : « Allez, ne vous gênez pas… »

Comme s'il avait compris ce que Tail venait de dire, l'un d'eux s'approcha doucement. Tail avait baissé les bras. Il ne voulait plus se battre. De toute façon, comment aurait-il pu se défendre attaché à cet arbre? Puis, au moment où il s'avançait pour prendre une bonne croquée, le vautour reçut une flèche. Tail releva la tête et vit une lueur descendre des cieux…

— Mon Dieu! Je suis mort… Joanya!

Eh oui, Joanya était là à le regarder, avec un sourire qui en disait long…

— Tail…

— Je suis au paradis, dis? Ouache… Voyons! Au paradis, je ne pourrais pas ressentir cette douleur…, dit Tail en se secouant la jambe.

— Non, Tail, tu n'es pas au paradis… Je suis venue pour toi.

— Pour moi!?

Joanya s'approcha doucement de Tail et posa sa main sur sa blessure. À son contact, Tail ressentit une chaleur intense. Ayant deviné que Joanya était en train de guérir sa blessure, Tail ne dit plus un mot. Il pouvait sentir, sous la main de Joanya, la plaie se refermer. Puis, doucement, Joanya se releva. Tail comprit qu'il pouvait à nouveau lui parler.

— Alors, tu es ici pour m'aider ? Mais comment ?

Tout en détachant Tail de l'arbre, Joanya lui répondit :

— Tu as su voir les erreurs que tu as faites et tu as demandé pardon, alors les dieux t'ont accordé cette faveur, Tail.

— Vraiment ? Ils m'entendent toujours, alors ?

— Oui, Tail. Ils entendent tout ce que tu dis et voient tout ce que tu fais… Mais même lorsque tu rencontres des embûches, Tail, tu ne peux donner d'ordres à personne. Tu sais que la vie nous rend pratiquement toujours ce que nous lui offrons…

— Mais voyons, Joanya ! Je n'ai rien fait de mal dans ma vie pour mériter tout cela…

— Tail, ce n'est pas parce que tu as fait quelque chose de mal que tu es ici. Vois les choses plus profondément… Tous sont ici, dans ce monde, pour apprendre quelque chose. Si tu n'avais plus rien à apprendre de la vie, alors le temps serait venu pour toi de quitter ce monde. Tant que tu auras quelque chose à apprendre ou bien à offrir, tu resteras ici pour accomplir cette tâche. Mais lorsqu'il nous arrive quelque chose de difficile, cela ne signifie pas nécessairement qu'on a couru après...

— Je ne suis pas certain de comprendre, Joanya, car tu as dit que la vie nous apportait ce que l'on méritait... Et je ne comprends pas comment toi, tu aurais fini d'apprendre, voyons... tu es bien trop jeune...

— Alors, je vais t'expliquer. En ce qui me concerne, oui, j'avais accompli ce que je devais accomplir dans ce monde...

Joanya regarda Tail et ajouta :

— Même si tu crois que non... Moi, je sais aujourd'hui que j'ai accompli ce que j'avais à accomplir sur la terre. Tu sais, ce n'est pas parce que j'étais jeune que mon âme était jeune...

Tail l'interrompit.

— Ouf! Attends! Ça devient un peu compliqué tout ça...

— D'accord. En quelques mots, disons que comme j'ai accompli tout ce que je devais accomplir, j'ai reçu un privilège...

Joanya décida de ne pas s'étendre sur le sujet de son départ. Elle décida plutôt d'insister sur le privilège...

— Cool… Qu'est-ce que c'est?

— Si tu me laissais terminer mes phrases, je serais peut-être en mesure de te le dire, mon cher…

— Ah! Désolé…

— Hi, hi! Là, je te reconnais, avec tes petits « désolé ». Alors, le privilège que j'ai reçu des dieux est celui de devenir un ange gardien… ou plutôt, de devenir ton ange gardien. Mais parlons maintenant de ta situation.

— Hein, tu es un ange!?

— Un ange gardien.

— Wow! En plus, tu es mon ange…?

— C'est bien cela. Alors, puis-je poursuivre?

— Oui. Désolé…

Joanya regarda Tail un instant, car une fois de plus il avait dit « désolé »… Puis elle reprit.

— Commençons par essayer de comprendre ce que tu fais dans cette situation. Tu t'es retrouvé seul ici. Où sont tes amis présentement? Tu n'en as aucune idée, n'est-ce pas?

— Je n'en suis pas certain. Je crois que j'en ai une idée, mais je n'en suis pas certain…

— Analysons la situation et nous pourrons comprendre comment tu as pu attirer tout cela vers toi. Voyons voir… Tu n'as pensé qu'à toi et à toi seulement en agissant de la sorte. Tu voulais être seul, eh bien, c'est ce que tu as reçu… Alors, explique-moi pourquoi tu as des remords maintenant, alors que c'était ton choix… ? Parce que tu n'as pas retrouvé Extarnabie, tu as quitté tes amis… Et qu'est-ce que cela t'a apporté, Tail… ?

— Je ne sais pas…

— Rien ! À part le fait de te retrouver seul. N'était-ce pas ce que tu voulais ?

— Oui et non.

— Maintenant que tu es seul et que tu as réfléchi, que souhaites-tu ?

— Retrouver mes amis… ?

— Alors, tu voulais être seul et maintenant, tu le regrettes. Tu vois, la vie t'a fait comprendre l'importance de l'amitié. Mais ce n'est pas parce que tu le regrettes qu'elle fera réapparaître tes amis. Tu dois maintenant démontrer à la vie que tu le veux vraiment…

— Ouf! Je ne suis pas certain de comprendre, Joanya…

— En quelques mots, disons que lorsque tu fais quelque chose, tu dois en assumer les conséquences… Ce n'est pas parce que tu es l'Élu que tout sera fait selon ta volonté…

— Oui, cela, je le sais. Je l'ai compris…

Tail faisait allusion aux ordres qu'il avait donnés aux dieux alors qu'il était au château du jeune roi.

— Alors, qu'as-tu compris de tout ceci, Tail ?

— Je n'ai pensé à personne d'autre qu'à moi dans toute cette histoire. Et j'ai pris le risque de perdre mes amis…

— Voilà. Si tu ne veux pas te retrouver seul dans la vie, Tail, n'oublie jamais tes amis. Tu sais, une vraie amitié est une chose très rare… Bien sûr, tout le monde peut avoir des amis, mais moi, je te parle de vrais amis. Ceux qui ne te jugent pas, ceux qui ne te demandent pas de changer pour eux. Je te parle d'amis qui savent te respecter comme tu es.

— Oui, tu as raison. En les abandonnant ainsi, je n'ai pensé qu'à moi et je le regrette maintenant…

— Je sais.

— Tu sais, je ne comprends pas pourquoi je n'ai pas retrouvé Extarnabie, et je suis inquiet pour lui. Tu sais, il n'est plus jeune… Je ne sais pas du tout comment faire pour le retrouver.

— Aie confiance en toi et tu le retrouveras.

— Tu crois vraiment ?

— Oui.

— Mais tu ne me quitteras pas, dis ?

Joanya le regarda en souriant. Elle savait que Tail l'aimait énormément.

— Pas pour le moment, Tail. Je resterai avec toi. Mais lorsque le moment sera venu, je devrai quitter ce monde à nouveau.

Tail regardait Joanya d'un air triste. « Elle va devoir me quitter à nouveau ? Non… » Puis il se dit en lui-même qu'il valait mieux profiter du moment présent et ne pas penser à son départ, car cela le rendrait trop triste.

— D'accord, je comprends. Maintenant, je dois me rendre à Jothanisia pour retrouver mes amis. Mais avant tout, je dois retrouver Curpy, d'accord ?

— Oui, je suis d'accord.

Comme par magie, à cet instant précis, Tail et Joanya entendirent un petit cri.

— Mon Dieu ! As-tu entendu ce que je viens d'entendre, Joanya ?

— Je crois que oui…

— Curpy, c'est toi ?

À toute allure, Curpy sortit des bois et en un bond, il se retrouva dans les bras de Tail à lui lécher les joues de sa minuscule langue.

— Je suis tellement content de te voir, Curpy ! Comment diable as-tu réussi à fuir ces… je ne sais quoi… ?

Comme s'il répondait à la question de Tail, Curpy se mit à jacasser en le regardant, sa petite tête allant de tous côtés, ses petites pattes pointant vers la forêt. Il était clair pour Tail que Curpy lui racontait son histoire, mais il ne pouvait comprendre le sens de ce qu'il disait.

— Tu as compris ce qu'il a dit? demanda Tail à Joanya.

— Non, pas vraiment..., lui répondit-elle avec un sourire moqueur.

— À voir la façon dont il s'agitait, ça devait être toute une aventure!

Curpy leva alors très haut la tête, comme s'il voulait leur dire qu'il avait dû être très brave pour parvenir à s'enfuir comme il l'avait fait. En voyant la pose qu'il prenait, Tail et Joanya éclatèrent de rire.

— Bon. Maintenant que Curpy est avec nous, nous sommes prêts à retourner à Jothanisia, dit Tail.

— Oui, allons-y..., répondit Joanya.

— Nous avons une longue route à parcourir. Tu sais, il m'a fallu quelques heures pour me rendre ici à cheval, alors à pied, nous en avons sûrement pour une journée avant d'y arriver...

Puis ils se mirent en route sur le chemin de Jothanisia. Ils discutèrent de tout et de rien. Maintenant qu'il avait retrouvé Joanya et son cher Curpy, Tail était heureux à nouveau.

Après plusieurs heures de marche en silence, Tail demanda à Joanya :

— Dis-moi, n'es-tu pas un ange... ?

— Oui... Pourquoi me demandes-tu cela ?

— N'y aurait-il pas une façon que tu puisses nous transporter à Jothanisia rapidement sans que nous ayons à marcher ainsi ?

— Hi, hi ! J'aimerais bien, Tail, mais malheureusement, il ne m'est pas permis de...

Joanya n'eut pas le temps de terminer sa phrase, car ils entendirent des chevaux s'approcher.

— Oups ! Nous avons de la visite, lui dit Tail.

— Non, attends !

Tail se dirigeait vers les arbres afin de se cacher.

— Mais ils vont nous voir !

— Je sais, mais attends !

— Comment ça ?

— Attends...

LORSQU'ILS VIRENT ENFIN les cavaliers qui s'avançaient vers eux, à la grande surprise de Tail, Macmaster était là !

— Macmaster !!! Barnadine !! Mais… mais…

Lorsqu'il vit apparaître la reine, Tail demeura bouche bée…

— Tail ! Mais que fais-tu seul ici ? lui demanda-t-elle.

— Mais je ne suis pas seul !

— Tail, est-ce que tu vas bien ? lui demanda-t-elle.

— Si l'on veut…

— Alors, pourquoi dis-tu que tu n'es pas seul ?

Surpris de cette question, Tail regarda Joanya.

— Mais… je suis avec Joanya…

La reine s'approcha et lui dit :

— Pauvre enfant… Cela ne va vraiment pas. Je sais

qu'elle te manque énormément, mais Joanya est décédée, tu le sais bien…

Macmaster, qui était descendu de sa monture, s'approcha de Tail.

— Bonjour, toi !

— Bonjour, Macmaster !… Dites… vous la voyez, n'est-ce pas ?

— Pardonne-moi, Tail, mais je n'ai pas entendu la conversation. Voir qui ?

Tail se retourna.

— Elle… Joanya…

Contrairement à la reine, Macmaster n'avait pas de doute sur ce que Tail lui disait, mais son visage laissait deviner que lui non plus ne la voyait pas. Tail fut peiné de voir que Macmaster ne lui répondait pas et se mit à croire qu'il avait imaginé tout cela, mais Joanya le sortit de ses pensées.

— Tail, personne ne peut me voir ! Tu es le seul à me voir...

Tous restaient là à le regarder. Un doute s'était installé en eux. Tail avait vraiment l'air d'écouter quelqu'un et son visage en disait long.

Macmaster reprit.

— Je crois que tu es le seul à la voir, Tail.

— Oui, c'est ce qu'elle m'a dit, répondit-il, un peu attristé.

— Hé, je suis toujours près de toi, voyons ! Pourquoi cet air triste, tout d'un coup ?

— Bien… j'aurais aimé que les autres puissent te voir aussi…

— Tail, je suis ici pour toi, et non pour eux, tu sais.

— Oui, je sais…

Tous regardaient encore Tail sans faire le moindre bruit. Était-il réellement en conversation ou bien ne parlait-il à personne ?

Voyant qu'un malaise s'installait, Macmaster reprit.

— Tu sais, c'est un très grand privilège que tu as, Tail. Si Joanya est revenue dans ce monde, ce ne peut être que pour toi.

— Oui, je sais.

Mais la reine, n'en pouvant plus d'attendre le moment où elle pourrait savoir enfin où se trouvaient Marcuse et leur fille, les interrompit.

— Excusez-moi, vous deux, mais je ne peux plus tenir. Où sont les autres ? Est-ce vrai que le jeune roi les a capturés ?

Tail, mal à l'aise, lui répondit :

— Je ne sais pas…

— Mais comment est-ce possible ?

— Bien…

Tail s'arrêta. Il avait abandonné ses amis à leur sort et il devait maintenant lui expliquer pourquoi.

— Tail…, insista la reine.

— Je vous demande pardon…

— Mais pourquoi ?

— Bien… je suis parti sans eux…

Gêné, il reprit :

— J'étais tellement fâché de ne pas avoir retrouvé Extarnabie que je suis parti. Je n'ai pas pensé à eux…

La reine vit dans le regard de Tail qu'il regrettait le geste qu'il avait posé. Comment aurait-elle pu le juger ? Après tout, n'était-il pas qu'un enfant ? Il devait croire que Marcuse les protégerait, se disait-elle.

Voyant le grand malaise de Tail, la reine reprit.

— Tail, je sais que tu n'as pas fait cela par méchanceté. Ne sois pas inquiet.

Tail la regarda à peine. Il y avait une douleur en lui qu'il ne pouvait expliquer.

— Bon, il est temps de partir à leur recherche.

J'aimerais que tu montes avec l'un de nous maintenant.

Tail regarda Joanya, puis demanda à la reine :

— Et elle, elle va monter avec qui ?

Joanya saisit la pensée de Tail et lui répondit :

— Tu oublies que je suis un ange, Tail… Ne sois pas inquiet, je vais vous suivre.

Tail lui sourit. Il avait oublié l'espace d'un moment qu'elle était un ange.

PUIS ILS PARTIRENT TOUS EN DIRECTION de Jothanisia. Pendant qu'ils poursuivaient leur chemin, Tail raconta à Macmaster comment Joanya était apparue devant lui. Macmaster confirma à Tail que le jeune roi avait bel et bien capturé ses amis dans le but de devenir le seul roi au monde.

— Wow... Il est complètement fou ! Comment savez-vous cela ?

Macmaster expliqua à Tail que, profitant du fait que le jeune roi et ses gardes étaient occupés avec Marcuse et ses amis, des gens avaient réussi à s'enfuir du château et s'étaient rendus jusqu'à eux pour les en avertir. Pendant qu'ils avançaient vers Jothanisia, Tail réfléchit longuement et parvint finalement à comprendre le plan du jeune roi.

— Wow ! Je n'en reviens pas encore ! Il est complètement fou, celui-là.

— Tu sais, Tail, il y a un vieux dicton qui affirme qu'il faut de tout pour faire un monde...

— Oui, je commence sérieusement à le croire, ajouta-t-il, faisant allusion à tout ce qu'il avait pu voir jusqu'à ce jour.

Pendant le trajet, Tail discutait avec Macmaster. Il lui avait posé beaucoup de questions, mais l'une d'entre elles demeurait toujours sans réponse : pourquoi était-il le seul à voir Joanya ? Malgré les explications de Macmaster, Tail ne parvenait toujours pas à le comprendre.

— Tu sais, le plus important, c'est que toi, tu la voies, Tail.

— Oui, je sais. Mais je trouve tellement dommage que personne d'autre que moi ne puisse la voir...

Toutes les quinze secondes, Tail regardait en direction de Joanya afin de s'assurer qu'elle était toujours là. Chaque fois, elle lui adressait un sourire ; elle avait compris sa crainte.

LA NUIT ÉTAIT MAINTENANT TOMBÉE. Il n'y avait plus autour d'eux que le craquement des arbres et ces bruits mystérieux qui se faisaient entendre. Tous se tenaient aux aguets, craignant une éventuelle contre-attaque du jeune roi. Doucement, ils avançaient dans la forêt. Le froid leur transperçait le corps. La température, qui était maintenant descendue sous zéro, n'aidait en rien la situation. Puis, comme par magie, tout sembla s'arrêter. Plus un craquement ne se faisait entendre. On n'entendait plus que le souffle des chevaux.

— Tout cela ne me dit rien de bon ! dit Barnadine.

Les chevaliers le regardèrent. Car il y avait une chose sur laquelle ils étaient tous d'accord : lorsqu'un sage avait une inquiétude, il fallait prendre garde.

— Je crois que tu as raison, lui répondit Macmaster.

Puis, la reine prit la parole.

— Bon, nous allons installer notre campement ici pour la nuit. Puisque vous ne semblez pas convaincus qu'il est bon de poursuivre, je crois qu'il vaut mieux nous arrêter. Nous ne pouvons prendre le risque de nous faire prendre nous aussi.

Isabella ordonna à sa garde d'établir un campement sécuritaire pour la nuit. Lorsque vint le moment de s'installer pour dormir, tous s'allongèrent près du feu à la belle étoile, dans un froid absolu, à l'exception de la reine qui avait droit à une tente, devant laquelle un garde était posté pour la nuit. Comme la lueur du feu éclairait sa silhouette, tous pouvaient l'y voir assise, son visage entre ses mains. Il n'en fallait pas plus pour que tous comprennent qu'elle était profondément attristée par tout ceci. Dans un silence absolu, elle dissimulait ses pleurs. Personne n'émit de commentaire. Tous demeurèrent dans ce silence absolu en tentant tant bien que mal de se réchauffer.

— Oh, je n'arrive pas à me réchauffer. J'ai vraiment froid…, dit Tail à Joanya.

Macmaster, qui l'avait entendu, sortit de son sac une couverture et la lui tendit.

— Prends cette couverture, elle te gardera au chaud…

Au contact de la couverture, Tail se remémora le geste que Macmaster avait posé la première fois qu'il l'avait rencontré. La couverture qu'il lui avait tendue cette nuit-là ressemblait vraiment à celle-ci. Du coup, Tail se mit à penser à l'orphelinat.

— Wow… Barbouton…! Je l'avais oubliée, celle-là…

Au moment où Tail commençait à s'endormir, Joanya lui souhaita une bonne nuit. Tail tenta de lui répondre :

— Bonne nuit, Joan…

Mais, complètement exténué, il s'endormit.

LA NUIT PASSA SANS QUE RIEN VIENNE interrompre le sommeil de Tail. Lorsque les premiers rayons du soleil se firent sentir, Tail était toujours dans un état comateux. Barnadine était là, debout devant lui, tentant pour la quatrième fois de le sortir du sommeil. Il commençait à perdre patience, car malgré toutes ses tentatives, Tail n'avait pas bougé d'un pouce. Il ronflait à un train d'enfer et à chacune de ses respirations, on pouvait voir une bulle de salive sortir de sa bouche. Alors, Barnadine s'approcha très, très près de l'oreille de Tail et lui cria à pleins poumons :

— Debout, là-dedans!!!

— Ouahhhhhhhhhhhhhhhh!

Tail sursauta si violemment qu'en une fraction de seconde, il se retrouva debout en position de combat, regardant de tous côtés à la recherche du danger. Ce n'est qu'à ce moment qu'il s'aperçut que tout le monde autour de lui se tordait de rire en le regardant. Barnadine se tortillait dans tous les sens, incapable de se retenir.

— Mais qu'est-ce qu'il y a de si drôle… ? demanda Tail.

Puis il regarda Barnadine et ajouta :

— Ce n'est pas drôle du tout !

Tail restait là à les fixer tous et ne trouvait vraiment pas cela drôle.

— Hi, hi ! Désolé, lui dit Barnadine, mais tu dormais comme une bûche. Je ne parvenais pas à te sortir du sommeil.

— Hein, hein…, rétorqua Tail, pas très heureux.

— Voyons, Tail ! T'es-tu levé du pied gauche ? lança l'un des gardes.

Ces quelques mots suffirent pour que la cavalerie éclate de rire en chœur. Cette fois, Tail sourit.

— Bon, voilà…, lui dit simplement Macmaster, lui faisant savoir ainsi qu'il préférait son sourire à son air bougon.

— Bon, allons-y ! dit la reine.

Tous comprirent que cette fois, il ne s'agissait pas d'une demande mais d'un ordre. Isabella n'avait qu'une envie : celle de retrouver ceux qu'elle aimait plus que tout.

À tour de rôle, chacun prit place sur sa monture. Tail fermait la marche, accompagné de Joanya.

Peu de temps après leur départ, la reine s'approcha de Macmaster et l'interpella.

— Macmaster…

— Oui ? répondit ce dernier en la regardant.

— Il n'est rien arrivé, cette nuit…

— Oui, je sais… Et je ne sens plus le danger rôder autour de nous.

— Vraiment ?

— Oui. Je ne sais pas pourquoi, cela s'est estompé…

Macmaster n'eut pas le temps de terminer sa phrase que l'on entendit un garde crier.

— Halte !

Tous s'arrêtèrent sur-le-champ. Dans le silence le plus complet, ils regardaient le spectacle désolant qui s'offrait à leurs yeux. Des gens ayant été cruellement tués étaient étendus sur le sol. De toute évidence, il s'agissait d'habitants de Jothanisia qui avaient essayé de fuir le château. Isabella comprit pourquoi Barnadine et Macmaster avaient senti un danger la veille et s'imagina un instant que cela aurait pu leur arriver à eux.

— Mon Dieu…

Ces mots sortirent de sa bouche sans qu'elle puisse les retenir. « Mais pourquoi les avoir tués ainsi ? Pourquoi ne pas les avoir capturés ? » Incapable de les laisser ainsi, Isabella demanda aux gardes de les mettre en terre. Tout se fit en silence. Après avoir fait une prière pour eux, ils reprirent leur chemin.

Une fois de plus, c'est Isabella qui brisa le silence.

— Écoutez-moi tous. Ce jeune roi devra être pendu. Vous m'avez tous comprise ? Nous ne devons avoir aucune pitié pour cet être morbide.

Puis elle ordonna à sa monture de partir au galop et tous la suivirent.

Cela faisait quelques heures qu'ils avançaient sans un mot quand Joanya s'adressa à Tail.

— Tail…

Tail se retourna pour la voir, car elle était montée derrière lui.

— Oui ?

— Attention, nous arriverons sous peu et un danger nous guette ! Je vois des gardes postés tout près, attendant notre arrivée.

— Mais comment pourra-t-on les déjouer?
— Les déjouer?
— Hum… Peut-on passer par un autre sentier?
— Demande à la reine de prendre le prochain sentier à sa gauche.

Tail ordonna à sa monture de galoper à toute allure afin de rejoindre Isabella.

— Pardonnez-moi, mais…
— Oui, Tail…?
— Joanya m'a demandé de vous dire qu'il y a un danger droit devant nous et que nous devrions prendre le prochain sentier à gauche pour nous en protéger.

Isabella se retourna en s'accrochant fermement à sa monture, à la recherche de Joanya. Pendant quelques secondes, Tail crut qu'elle allait lui dire que cela n'avait aucun sens, qu'elle ne voyait pas Joanya... mais cette crainte disparut quand il l'entendit ordonner à la cavalerie de s'engager dans le sentier qu'ils voyaient à leur gauche.

— Ouf! J'ai cru pendant un instant qu'elle ne me croirait pas…
— Mais voyons, Tail.
— Oui, mais comme personne ne te voit, c'est un peu difficile d'y croire, non?

— Non !

— Eh bien, moi, j'aurais de la difficulté à croire tout cela si ça ne m'était pas arrivé.

Joanya lui sourit. Elle imagina un instant Vic à la place de Tail et ne put s'empêcher de rire.

— Qu'est-ce qu'il y a ? demanda Tail.

— Oh, rien.

— Allez… dis…

— J'essayais seulement d'imaginer comment cela se passerait si ça lui arrivait à lui...

— À qui ?

— À Vic.

La troupe avait ralenti la cadence à la vue du château.

Joanya regarda Tail et lui dit :

— Nous y sommes.

— Oui !… Est-ce que tu sais s'ils sont là ?

— Oui, Tail. Ils y sont tous, je les vois…

— Même Extarnabie ?

— Oui, il y est aussi.

Ils entendirent un bruit non loin d'eux, à travers les branches.

— Il y a quelqu'un ! dit un garde.

Tous sortirent leur épée, mais ils relâchèrent rapidement la garde lorsqu'ils virent le petit bout de chou qui sortit d'entre les branches : un petit garçon âgé d'à peine six ans, pas plus haut que trois pommes, aux cheveux bruns et aux yeux couleur noisette.

— Mais que fais-tu là, petit? demanda Isabella.

Le petit la regarda avec ses yeux les plus doux et lui répondit :

— Je me suis sauvé...

— Mais où sont tes parents?

L'air triste, le petit garçon leur annonça qu'il n'en avait aucune idée, que ces derniers avaient disparu plusieurs années auparavant et que, depuis, il vivait avec sa tante Loulou au château. Il leur expliqua que le jeune roi avait trouvé leur cachette puis les avait enfermés dans le souterrain, et que lui seul avait réussi à se sauver dans les bois sans qu'on s'en aperçoive.

— Mais tu es ici depuis combien de temps?

— Hier!

— Et quel est ton nom, petit? demanda Tail.

— Nicolas.

Tail descendit de sa monture. Il ne savait pas pourquoi, mais il sentait qu'il devait prendre soin de Nicolas.

— Viens avec moi, nous allons la retrouver, ta tante Loulou…

Nicolas demanda à Tail quel était son nom, et lorsqu'il apprit qu'il était Tail, l'Élu, son visage s'illumina.

— Wow !

Tail le regarda, un peu gêné.

— Tu sais, Tail, tu es mon héros !

En entendant ces mots, Tail devint rouge comme une tomate. Ne sachant quoi répondre, il lui dit :

— Merci…

« Merci ! Mais qu'est-ce que je lui ai dit là, moi… merci ! Ça n'a rien de bien cool, merci… » se disait Tail en installant Nicolas sur la selle.

— Bon, nous y sommes ! dit Isabella.

ISABELLA, SILENCIEUSE, REGARDA le château en imaginant ceux qu'elle aimait à l'intérieur. De tout son cœur, elle pria les dieux afin que rien de grave ne leur soit arrivé.

Un garde la tira alors de ses pensées.

— Quels sont vos ordres ?

Isabella se tourna vers Tail.

— Dis-moi, Tail… Joanya est-elle toujours là ?

— Oui, ma reine…

— Peut-elle nous informer ? Cela nous aiderait beaucoup de savoir s'ils sont là et comment nous pouvons les rejoindre.

— Oui, ma reine. Ils sont tous là.

Un sourire envahit le visage d'Isabella. Elle était si heureuse d'apprendre qu'ils étaient tous là, si près d'elle. « Ils sont tous là… Ils sont tous là… », ne cessait-elle de se répéter.

Tail demanda à Joanya quelle était la meilleure façon d'accéder au château. Tous pouvaient entendre ce que lui disait Tail, mais le fait de ne pouvoir saisir les réponses de Joanya les rendait impatients. L'attente leur semblait une éternité. Ils restaient là à le regarder sans bouger, dans l'espoir d'y comprendre quelque chose, mais Tail, ne les aidant en rien, ne faisait que répondre « d'accord, d'accord ».

À la fin de leur conversation, Tail entendit un bruit sourd derrière lui. Juste avant qu'il se retourne, ils s'étaient tous redressés en même temps pour que Tail ne se rende pas compte qu'ils l'écoutaient. Il fallait les voir, tous, le corps penché vers l'avant comme si, dans cette position, ils avaient pu entendre plus facilement ce que Tail et Joanya se disaient. Impatient, Barnadine lui demanda :

— Et alors ?

— Attendez, Barnadine, lui demanda Tail.

— Attendre… ? Attendre quoi ? demanda-t-il.

Tail se retourna vers Nicolas. Barnadine n'en revenait tout simplement pas qu'il ne lui ait pas répondu.

— Hé ! Voyons, je te parle ! Attendre quoi… ? Ouch !

Macmaster venait de donner une petite claque à Barnadine.

— Chut!!!

Cette fois, Barnadine ne rouspéta pas.

Tail, qui regardait toujours Nicolas, lui dit :

— Toi, tu as la réponse, n'est-ce pas, Nicolas?

— Moi, la réponse? Mais la réponse à quoi, Tail?

— Bien, Joanya m'a expliqué par où tu étais passé pour t'enfuir. Elle m'a dit que des prisonniers étaient présentement en train de creuser un tunnel menant à l'extérieur pour parvenir à s'évader?

— Ah, oui! Mais il est très petit! C'est pour cela qu'il n'y a que moi qui ai réussi à sortir.

Tail se tourna vers la reine et lui dit :

— Bien… de l'extérieur, nous pourrions élargir le tunnel et parvenir à entrer sans que personne nous voie...

— Oui, Tail. Tu as raison. Petit Nicolas, te serait-il possible de nous indiquer où se trouve ce passage, s'il te plaît?

Très fier de lui, Nicolas descendit du cheval de Tail.

— D'accord! Mais vous savez, nous ne pouvons pas y aller à cheval, Madame.

— Aucun problème, Nicolas, lui répondit la reine avec un sourire.

Et tous descendirent de leur monture afin de suivre le jeune Nicolas.

Ils passèrent par un sentier dans les bois qui les mena à l'arrière du château. Bizarrement, aucun garde ne surveillait à cet endroit. Mais la partie n'était pas pour autant gagnée : pour accéder au passage, ils devaient traverser un marécage ; ce qui n'enchanta pas du tout Barnadine.

— Non ! Pas là-dedans..., se lamenta-t-il en chuchotant.

— Mais quoi ? demanda Tail.

— Bien, regarde-moi... Je vais avoir le pantalon tout mouillé...

Tail regarda Barnadine et lui rappela qu'il ne portait pas de pantalon, mais bien une tunique, et qu'il n'avait que sa culotte en dessous.

— Allez, il n'y a rien là... Nous allons seulement voir vos jolies cuisses...

Voyant qu'il n'y avait pas d'autre solution, Macmaster et Barnadine levèrent leur tunique afin qu'elle ne soit pas complètement mouillée. À cet instant, on entendit un petit sifflement provenant de la garde.

Certains d'entre eux se mirent à rire. Mais Barnadine, lui, ne trouvait pas cela drôle.

Barnadine s'avança malgré lui dans le marécage. Dès qu'il sentit une algue lui frôler la jambe, il se mit à avancer à toute vitesse, si bien qu'il enjamba le marécage en un temps record. L'on aurait cru qu'il marchait sur l'eau, tellement il avançait rapidement.

Arrivés au passage, ils constatèrent qu'il était vraiment petit, mais personne ne se découragea. Chacun prit une branche en guise de pelle et, sans bruit, ils commencèrent à creuser.

— Hé, Macmaster, vous n'auriez pas autre chose pour agrandir ce trou?

— Oui, Tail, mais cela ferait beaucoup trop de bruit…

— Ah! Dommage…

— Oui, je sais. Tu sais que Barnadine a mis au point une excellente potion… Te rappelles-tu la fois où tout lui avait explosé à la figure et qu'il s'était retrouvé le visage tout noir?

— Hi, hi! Oui…

— Eh bien, aujourd'hui elle est au point… mais elle provoque un énorme bruit lors de son explosion, tu comprends…? Pas trop discret, son affaire…, lui dit Macmaster avec un petit clin d'œil.

— Ah ! D'accord.

Comme rien d'autre ne pouvait venir à bout de ce tunnel, Tail se remit au travail.

[Laissez-moi vous dire qu'il en a fallu, des heures, avec ces pauvres branches, pour arriver à élargir suffisamment le passage...]

AVANT LA TOMBÉE DE LA NUIT, comme ils étaient complètement exténués, la reine ordonna qu'ils s'arrêtent et prennent la nuit pour se reposer afin de bien réussir leur attaque. Ils étaient presque parvenus au bout du tunnel. Ils dissimulèrent l'entrée sous un amas de terre et d'herbe afin que personne ne puisse découvrir ce qu'ils étaient en train de faire. La reine leur expliqua bien qu'au lever du soleil, tous devraient être de retour au même endroit. Et cette fois, il était hors de question qu'ils fassent cela en cachette, car la reine voulait vraiment que le jeune roi soit arrêté afin que tout cela prenne fin.

Un seul d'entre eux n'était pas du tout convaincu de vouloir retourner dans les bois : notre ami Barnadine. À la seule pensée de repasser par le marécage, il frissonnait déjà.

— Beurk! laissa-t-il échapper en s'imaginant la scène à nouveau.

Ils retournèrent donc dans les bois afin de se mettre à l'abri pour la nuit. Il n'était pas question d'y faire un feu, car il ne fallait pas attirer l'attention sur eux. Pas de tente pour la reine non plus. Ils passèrent la nuit serrés les uns contre les autres à tenter de se réchauffer comme ils le pouvaient avec la chaleur de leurs corps.

Ainsi, la nuit passa.

Aux premiers rayons du soleil, tous étaient déjà debout, prêts pour la journée qui les attendait.

Avant leur départ, un garde prit la parole.

— Ma reine, êtes-vous vraiment certaine de vouloir venir avec nous? Ne serait-il pas plus sûr que vous restiez ici?

La reine n'eut pas à lui répondre, car avec le regard qu'elle lui lança, ce dernier comprit rapidement.

Macmaster et Barnadine étiraient leurs muscles comme s'ils se préparaient à monter dans une arène. On pouvait entendre Barnadine se lamenter.

— Hum… Tu es certain de vouloir venir? lui demanda Macmaster.

— Hein, hein ! Je suis prêt… Ne sois pas inquiet, je vais te suivre, papi…

Nicolas, Tail et Joanya éclatèrent de rire.

— Hé, vous deux…, répliqua Barnadine.

— Désolé…, fit Tail.

— Ouin…

— Bon, êtes-vous prêts maintenant ? demanda la reine, qui s'impatientait.

— Oui. Allons-y.

Ils partirent en direction du passage secret de Nicolas. Une fois de plus, Barnadine fit une scène en voyant le marécage.

— Non, mais ce n'est pas vrai ! Pas encore une fois dans cette chose-là…

Voyant qu'il n'y avait pas d'autre solution, Barnadine traversa une fois de plus le marécage. On l'entendit se plaindre tout au long de la traversée.

— Mais qu'est-ce que je fais ici, pour l'amour du Bon Dieu…

Tail l'encouragea de son mieux, mais en vain. Barnadine finit tout de même par arriver de l'autre côté.

Lorsqu'ils arrivèrent près du passage, il était recouvert d'une mince couche de glace. Il est vrai que la nuit avait été très froide. En voyant cela, certains tentèrent faire demi-tour, mais sous le poids de leurs pas, la gelée avait fondu, si bien que l'on pouvait voir toutes leurs traces sur le sol.

— Non ! Il n'y a plus de temps à perdre. Ils vont nous retrouver facilement maintenant, déclara Tail. Macmaster, avez-vous une potion ou quelque chose d'autre pour nous ?

— Oui… Cette fois, oui. Tu te souviens de la potion qui rend invisible ?

— Oui ! Bonne idée…

Macmaster sortit de son sac noir un magnifique flacon de cristal. Il le plaça dans la clarté du soleil pour bien voir le liquide qui se trouvait à l'intérieur et l'agita doucement. Après l'avoir bien agité, il demanda à tous d'en prendre une gorgée et…

Pouf!

Pouf! Pouf!

Pouf!

Tous, l'un après l'autre, disparurent.

Tail entendit rire Nicolas. En chuchotant, il lui demanda ce qu'il avait à rire ainsi.

— Ton animal… Il flotte dans les airs !…

Curpy s'était réfugié sur les épaules de Tail avant qu'il disparaisse, et maintenant qu'il n'était plus visible, le petit animal donnait l'impression de flotter dans les airs. Ce n'est qu'à ce moment que Curpy réalisa à son tour qu'il était dans le vide. Lorsqu'il vit Curpy regarder soudainement vers le bas, les yeux sortis de la tête, Nicolas éclata de rire à nouveau.

— Oups! Macmaster, nous avons oublié Curpy...

Ils lui donnèrent quelques gouttes de potion magique et... pouf! Curpy disparut à son tour.

Il ne fallut que quelques bons coups de pied pour élargir le reste du tunnel.

Maintenant, le passage était ouvert.

— Allons-y! lança un garde.

TOUR À TOUR, ILS ENTRÈRENT dans le tunnel. Parvenu tout au bout, Tail aperçut la ville souterraine et vit tous ces gens qui y étaient toujours maintenus prisonniers par le jeune roi. On aurait dit qu'ils travaillaient depuis des jours sans s'être arrêtés tant ils semblaient épuisés. Le bruit des coups de masse donnés contre les pierres et des chaînes se frappant les unes contre les autres était assourdissant. Un nuage de poussière était suspendu au-dessus de leur tête. On n'y voyait aucune couleur. Ils avaient tous un air triste à mourir et étaient condamnés à vivre ainsi. Comment Tail avait-il pu les abandonner ainsi, sans se soucier de ce qui pouvait leur arriver ? Comme il le regrettait…

Il était évident que ces pauvres gens étaient torturés depuis maintenant plusieurs jours et qu'ils n'avaient eu droit à aucun repos depuis son départ.

Impuissant devant ce spectacle, Tail demeurait sans voix.

— Hé, Tail…, dit Nicolas en chuchotant.

— Oui… ?

— Regarde, là-bas… C'est ma tante Loulou…

Tail regarda au loin et aperçut la jeune femme que lui pointait Nicolas. Elle non plus ne semblait pas avoir eu le droit de se reposer. Elle avançait, l'air triste. Tail se dit qu'elle devait sûrement se faire du souci pour Nicolas à cet instant même.

— Oui, je la vois. Ne sois pas inquiet, Nicolas… Nous allons la libérer elle aussi. Mais avant, nous devons trouver le jeune roi afin de le capturer. Ainsi, ces monstres bizarres n'auront plus de roi pour les gouverner, tu comprends ?

— Oui.

Pendant un instant, Tail regarda tout autour, à la recherche d'un indice pouvant lui indiquer où étaient ses amis, mais il ne vit rien.

Macmaster le sortit de ses pensées.

Nous devons agir, car comme tu sais, la potion n'a pas une longévité extrême, Tail.

— Oui, je comprends.

— Alors, comme tu es déjà venu ici, conduis-nous vers le jeune roi.

— C'est qu'il peut être n'importe où! Vous, avec les pouvoirs que vous possédez, vous ne pouvez pas le voir?

— Non, sinon je ne te demanderais pas cela, Tail…

— Ouin…

Tail n'avait pas vraiment réfléchi avant de parler. Il se tourna alors vers Joanya.

— Joanya, où est-il, ce fichu roi?

— Suivez-moi.

Tail regarda derrière lui et fit signe de le suivre. Il ne savait pas plus qu'eux où il allait; il suivait simplement Joanya. Ils entendaient les cris de souffrance des prisonniers qui se faisaient fouetter par les monstres du jeune roi et qui n'en pouvaient plus d'avancer. Ces monstres prenaient plaisir à les frapper.

Nicolas, terrifié, se bouchait les oreilles. Trop effrayé, il ne put retenir ses larmes.

— Ça va aller, Nicolas. Dans moins de temps que tu l'imagines, tout cela sera terminé…, lui dit Tail, tentant de le consoler.

Joanya s'arrêta devant la porte d'un cachot.

— Il est ici.

— Ici, dans ce cachot ? Mais comment ça ? Il est enfermé ?

— Non, Tail… Il n'est pas enfermé, mais il y est.

— D'accord. Alors, allons-y. C'en est assez de lui.

Doucement, Tail tira la porte, dont le craquement fit sursauter le jeune roi. Près de lui se trouvait Extarnabie, enchaîné, pendu par les pieds. Il avait été maltraité, cela ne faisait aucun doute. Il avait le corps couvert de blessures ; certaines étaient guéries, d'autres toujours ouvertes. Tail comprit que le jeune roi n'était toujours pas parvenu à faire parler Extarnabie. Devant cette épouvantable découverte, tous étaient sous le choc, constatant à quel point Extarnabie avait pu souffrir depuis qu'il avait été capturé. C'en était maintenant assez.

COMME LE JEUNE ROI N'AVAIT VU entrer personne, mais seulement s'entrouvrir la porte, il empoigna à nouveau son fouet et dit à Extarnabie :

— Une fois de plus, je te le demande, espèce de fou... Où se trouve ce Mac…

Mais il n'eut pas le temps de terminer sa phrase, car au moment où le fouet prenait son élan, Tail l'attrapa.

Le jeune roi se retourna. Il ne pouvait voir que la main de Tail, car le reste de son corps n'était pas encore réapparu. Sous le choc, il resta figé. Cela ne prit que quelques instants pour que la garde l'entoure et qu'ils redeviennent tous complètement visibles. Le jeune roi était pris au piège. Tail l'attacha avec son fouet.

Immédiatement, la reine s'approcha du jeune roi.

— Aujourd'hui, c'en est fini de ton titre. Tu seras exécuté sur-le-champ.

Barnadine s'empressa de venir en aide à Extarnabie qui, à bout de force, leur fit comprendre qu'il était temps qu'ils arrivent.

— Vous en avez mis… du temps…

Les deux sages comprirent que c'était sa façon de leur dire qu'il était vraiment content de les voir.

— Oui, nous aussi, nous sommes heureux de te voir, mon vieux…, lui répondit Barnadine, rouge comme une tomate, qui tentait de le soulever pour le détacher. Dis donc… tu a pris du poids ou quoi ? lui demanda-t-il.

— Allez, vieux grincheux… Force un peu…

Voyant qu'il ne parviendrait jamais à détacher le pauvre Extarnabie, la garde apporta son aide à Barnadine.

— Maintenant, je veux que ce jeune fou soit pendu, ordonna sèchement la reine avant d'ajouter :

— Allez, nous avons du travail qui nous attend.

— Oui, ma reine.

— Mais vous ne lui demandez pas où sont les autres ? demanda l'un des gardes.

— Lui demander où ils sont ? Mais voyons, Jascart, il nous enverrait directement dans la gueule du loup…

La reine se retourna vers Tail et lui dit :

— J'ai autre chose à te demander.

— Oui, Madame.

— Te serait-il possible de demander à Joanya de nous aider une fois de plus ?

— Oui, ma reine.

Tail commença à expliquer à Joanya ce que la reine venait de lui dire, mais avant qu'il ait terminé sa phrase, elle l'interrompit.

— Tu sais, Tail, j'ai entendu… Tu n'as pas à me répéter ce qu'elle t'a demandé… Elle, elle ne me voit pas, mais moi, je vous vois et vous entends tous !

— Oui, désolé…

— Hi, hi ! Je crois bien que tu ne changeras jamais… Ne sois pas désolé, Tail.

Tail comprit son petit message. Une fois de plus, il avait dit « désolé »...

Voyant son malaise, Joanya poursuivit.

— Allez, suis-moi.

— Tu oublies quelque chose !

— Ah oui… ? Et j'oublie quoi, dis-moi…, demanda Joanya.

— Cette fois, ils vont me voir… Je ne suis plus invisible !

— Oui, je sais, mais nous n'avons pas d'autre choix, Tail. De toute façon, ils sont tout près d'ici.

Tail suivit Joanya. À quelques pas de là, elle s'arrêta et lui montra du doigt les portes du cachot où se trouvaient ses amis.

— Juste là… ? dit-il à voix basse.

Joanya lui répondit d'un signe de la tête.

Tail alla rejoindre la reine. Arrivé près d'elle, il lui expliqua qu'ils les avaient retrouvés, qu'ils étaient juste là, de l'autre côté.

— Bien ! Vous, vous nous attendez ici, dit-elle aux sages avant de s'en retourner vers ses gardes.

— Non ! lança Extarnabie.

La reine se retourna à nouveau vers eux.

— Et pourquoi, non ? demanda-t-elle.

— Avec tout le respect que je te dois, Isabella, cela fait maintenant trop longtemps que je suis ici. Il est hors de question que je reste dans cet endroit une seconde de plus.

Isabella comprit le sentiment d'Extarnabie, car si

elle avait été dans sa situation, elle non plus n'aurait pas voulu rester une minute de plus. Elle approuva sa décision d'un signe de la tête.

Elle se retourna et émit quelques ordres à l'intention des gardes. Avant d'ouvrir la porte pour sortir du cachot, elle regarda une dernière fois le jeune roi, qui était sur le point d'être exécuté, et ajouta :

— Que Dieu te protège… et qu'il te pardonne, pour tous ces meurtres commis…

Puis elle sortit du cachot.

Le couloir qu'ils devaient traverser pour se rendre au cachot de Vic, Cat et Alexandra n'avait pas été bien conçu. Il était démesurément petit et une grande quantité de pierres cassées traînait encore sur le sol. Ils devaient avancer très, très lentement, le corps penché vers l'avant pour ne pas accrocher les torches qui se trouvaient le long des murs. Lorsqu'ils parvinrent enfin à l'autre bout du couloir, ils virent un monstre qui montait la garde devant la porte du cachot de leurs amis.

— Mais comment va-t-on faire pour ne pas attirer l'attention des autres lorsque nous nous approcherons de cette chose? Avertira-t-il les autres? demanda l'un des gardes.

— Bien… je pourrais passer devant lui pour qu'il s'élance à ma poursuite…? proposa Tail.

— Oui, bonne idée ! répondit le garde.

— Je ne sais pas… Et si quelque chose t'arrivait ? lui dit la reine.

Tail demeura silencieux un moment, ému de voir que la reine s'inquiétait pour lui alors qu'il avait osé abandonner ses amis à leur sort à peine quelques jours plus tôt. Tail s'en mettait beaucoup trop sur les épaules. Il ne s'imagina pas un instant qu'il se serait sans doute lui aussi trouvé dans ce cachot s'il ne s'était enfui. Au lieu de cela, il se sentait responsable de tout. Alors il décida d'y aller, sans même attendre l'approbation de la reine. Il le devait à ses amis.

Il se mit à courir en direction du monstre et, en un temps record, il se retrouva devant lui.

— Hé, le poilu !!! lui dit-il.

Stupéfait, le monstre restait figé là, se frottant et écarquillant les yeux pour se convaincre de ce qu'il voyait.

Alors, Curpy sortit du sac de Tail, prit la même position que lui et se mit à faire au monstre toutes sortes de grimaces. Voyant qu'il ne réagissait toujours pas, Tail reprit.

— Hé, pompon ! Tu ne vois pas que je suis là !!!

Cette fois, le monstre se leva d'un bond et s'élança immédiatement derrière Tail. « Et voilà ! Mission accomplie ! » se dit-il en courant à toute allure… jusqu'à ce qu'il se retrouve face à un mur… ! « Oups ! Je crois que j'ai un problème !… »

Ne voyant aucune solution, il se retourna face au monstre et se mit en position de combat. Il ne pouvait même pas utiliser son épée puisqu'il l'avait laissée à l'endroit où il avait piqué sa colère contre les dieux avant de quitter Jothanisia. « Brillant, Tail ! » se dit-il en repensant à ce moment.

Mais le monstre ne regardait pas derrière lui et… paf ! Il reçut un coup d'une telle force qu'il s'effondra sur le sol.

Ce n'est que lorsqu'il releva la tête que Tail comprit enfin ce qui s'était passé.

— Barnadine ! C'est vous ! ?

Barnadine laissa tomber l'épée sur le sol comme s'il avait utilisé toutes les forces qu'il avait en réserve.

— Hi, hi ! Pas si vieux, le papi… hein ? !

Comme si Barnadine avait été l'enfant et Tail l'adulte, Tail s'approcha de lui, le prit par les épaules et le remercia.

— Pas mal du tout… Maintenant, allons rejoindre les autres…, lui dit Tail avec un sourire.

Arrivés devant le cachot, ils le trouvèrent déjà ouvert. C'était maintenant l'heure des retrouvailles. Isabella était heureuse d'avoir enfin retrouvé Marcuse et sa petite princesse. Lorsque Alexandra aperçut Tail, elle lui sauta cou. Au même moment, on entendit Cat lui dire : « Tail, te voilà de retour… ! »

« Mais où est Vic ? » se demandait Tail.

— Dis-moi, Cat… Vic n'est pas avec vous ?

— Mais oui, regarde…

Cat lui indiqua où se trouvait Vic, non loin d'eux. Il était resté au fond du cachot.

— Vic ! dit Tail.

Mais Vic ne répondit pas.

— Mais qu'est-ce qu'il a ? demanda-t-il aux autres.

Alexandra prit la parole.

— Il est fâché contre toi parce que tu nous as laissés ici.

Ces quelques mots lui firent l'effet d'un coup de couteau au cœur. Tail prit quelques instants avant de s'approcher de Vic.

— Vic…

Vic ne se retourna pas encore.

— Vic, je suis désolé…

Mais Vic ne l'écouta pas. Il se retourna et se dirigea vers les autres. Il en voulait à Tail et ne se sentait pas prêt à lui parler.

Marcuse reprit les rênes et ordonna à sa garde de se préparer. Il était maintenant temps de libérer tous ces gens et de quitter les lieux.

Contrairement au dernier combat, celui-ci ne prit que très peu d'ampleur. C'était comme si les monstres avaient déjà été prévenus du décès du jeune roi. Certains s'étaient même rendus sans aucune résistance. Même si, à l'extérieur, ils avaient toujours cet air bizarre, c'était comme si, en dedans d'eux, quelque chose avait changé à la suite de la mort du jeune roi. Plus ils avançaient, moins ils offraient de résistance.

Lorsque le combat fut terminé, ils parcoururent la ville souterraine pour libérer les prisonniers qui étaient encore attachés à leurs chaînes. De temps en temps, Tail jetait un œil vers Vic, qui tâchait de se tenir à distance de lui.

À un certain moment, ils passèrent devant un groupe qui attira l'attention de Tail, car il eut l'impression que plusieurs d'entre eux avaient dit, en même temps : « Mon Dieu, non ! »

Tail se retourna.

— Vous !!!

Tail reconnut les hommes qui lui avaient craché dessus alors qu'il était attaché à l'arbre dans la forêt. Maintenant, ils étaient pris au piège dans la ville souterraine.

L'un d'entre eux s'adressa à son compagnon.

— Je t'avais dit que c'était Tail ! Si tu m'avais écouté, nous ne serions pas ici…

L'homme pencha la tête, honteux.

Alexandra s'approcha de Tail et lui demanda :

— Qui sont-ils ? Tu les connais ?

— Hum… C'est une longue histoire…

Tail se retourna vers Macmaster et lui dit :

— Vous ne trouvez pas que tout cela est un peu facile ?

— Que veux-tu dire, Tail ?

— Bien… il n'y a aucune résistance… !

Marcuse, ayant entendu Tail, se retourna et lui dit :

— Je suis d'accord avec toi. C'est comme si quelqu'un était entré dans leur esprit pour leur dicter quoi faire.

— Mais qui aurait bien pu faire cela? demanda Tail.

— Je ne sais pas, répondit Marcuse. Mais ce ne peut être que quelqu'un qui a une grande influence…

Immédiatement, Tail comprit et cessa d'écouter.

— Joanya!

— Mais il délire…, dit Marcuse.

Tail n'entendit pas sa remarque. C'est Macmaster qui se chargea d'expliquer à Marcuse comment Joanya les avait aidés à parvenir jusqu'à eux.

Pendant ce temps, Tail était à la recherche de Joanya.

— Mais où es-tu, Joanya? Je ne te vois plus!

Tail regardait de tous côtés, mais il ne voyait rien.

— Non, ce n'est pas possible! Tu ne m'as pas quitté… non…!

Tail se prit la tête entre les mains et s'agenouilla.

Tous le regardaient sans un mot, impuissants devant son chagrin.

Puis il entendit :

— Tail !

— Joanya… ! J'ai cru que tu m'avais quitté !

Joanya s'approcha de Tail et lui dit :

— Le moment est venu, Tail… C'est ici que se termine ma mission.

— Ici qu'elle se termine ? Mais non ! J'ai encore besoin de toi, moi !

Tail la regardait, les yeux remplis de chagrin.

— Tu te souviens lorsque je suis venue… ? Je t'ai dit que viendrait un moment où je devrais repartir… Et ce moment est venu. Tu es en sécurité maintenant. Tout va renter dans l'ordre et vous pourrez enfin retourner au château sans difficulté.

— Mais… !

— Non, Tail. C'est ainsi. Nous avons passé un moment ensemble, mais je dois repartir maintenant.

Voyant qu'il ne répondait pas, Joanya ajouta :

— Tu sais… je ne serai pas loin ! N'oublie pas que je suis ton ange…

Elle resta silencieuse un moment et reprit :

— Je vais demeurer près de toi… La seule différence est que tu ne me verras pas, Tail.

— Et je ne pourrai plus t'entendre non plus, c'est ça ?

Joanya acquiesça d'un signe de la tête.

— Je suis désolée, Tail.

Comme Tail ne lui répondait pas, elle ajouta :

— Il est l'heure, Tail…

— J'aimerais tellement que tu restes avec moi…

Une immense lueur apparut. Tail comprit qu'elle était là pour ramener Joanya. Puis il la vit doucement s'élever dans cette lueur.

Voyant que Tail regardait de plus en plus haut, les autres comprirent eux aussi que Joanya partait.

— Joanya !!!

Tail lui fit un signe de la main, lui envoya un baiser… puis elle disparut.

Remerciements

Je tiens à remercier les enfants qui se sont si généreusement prêtés au jeu d'inventer une suite aux aventures de Tail lors de ma visite dans leur classe de quatrième année du primaire. Vos histoires sont des trésors d'imagination! Merci à chacun de vous…

Histoire écrite par Mélodie, Catherine, Zachary et William

En marchant dans les bois, Tail, Cat, Curpy et Vic se font attaquer par vingt-trois loups. Des loups avec des yeux rouges, du poil noir, des grosses dents, et avec une chaleur horrible qui se dégage de leur gueule.
Curpy se fait attaquer par-derrière et heureusement, le Chevalier Blanc arrive et tue le loup avec son épée blanche. Il trouve Alexandra dans un arbre. Tail dit à Alexandra : « Ton père essaie de trouver un remède pour que tu puisses retrouver ta forme normale. » (Histoire à suivre…)

Histoire écrite par Samuel, William, Tommy, Cédric et Joël

La nuit tombe tranquillement et Curpy apparaît dans les rêves de Tail. Il voit que Calsalme s'approche len-

tement des trois sages. Tail se réveilla brusquement et vit Vic et Cat s'entraîner à se battre contre d'autres chevaliers apprentis. Tail se leva de son lit et alla parler à Cat et à Vic. Tail leur dit qu'il faut protéger les trois sages. Ils partent en direction de la tour des mages. Quand ils arrivèrent, il manquait Macmaster et Barnadine. (Histoire à suivre…)

Histoire écrite par Arianne, Marie-Pier, Samuel et Maxime

Soudain, Tail vit Marcuse au loin. Il était en train de se battre contre un dragon à trois têtes. Tail alla combattre le dragon avec Marcuse et ils avaient beaucoup de difficulté à le vaincre. À un moment donné, Tail comprit le point faible du dragon. Il visa l'aile et lança son épée. Le dragon tomba de fatigue et s'endormit. Tail et Marcuse transportèrent le dragon dans une brouette et l'emportèrent chez le boucher Mathieu. Mais malheureusement, la brouette cassa et le dragon se réveilla. Marcuse et Tail ne savaient plus quoi faire.

Ils allèrent dans un endroit pour se protéger et cherchèrent une idée. Finalement, Alexandra, qui passait par là, leur proposa de les aider à vaincre le dragon. C'est en se battant tous ensemble qu'ils réussirent à vaincre le dragon.

Histoire écrite par Jade, Noémis, Benjamin et Félix

Tail et ses amis vont dans la forêt. Ils voient un dragon à deux têtes qui crache du feu. Il est gluant, les yeux en feu, la peau rouge, et quand il marche, il fait trembler la terre. Il est si grand qu'il dépasse le plus grand arbre de la forêt.
Tail veut tuer le dragon rouge. Mais comment faire ? Il est trop fort ! Tail lui tranche une tête, mais elle repousse tout de suite. Tail prend son courage à deux mains et se lance dans la bouche du dragon. Il essaie de le tuer de l'intérieur. Cat donne des coups de poing sur le ventre du dragon. Le dragon finit par recracher Tail et mourrir. Les quatre amis sont bien contents.

Ils essaient de retourner à la maison, mais ils sont entourés par d'autres dragons à deux têtes. Tail lance son épée dans le crâne d'un dragon. Tous les autres dragons leur sautent dessus. Tail leur coupe la tête, leur perce le corps et réussit à tous les tuer. Ils peuvent enfin retourner à une autre mission.

Histoire écrite par Alyson, Shanny, Brandon et William

Tail va chercher du bois et voit un vieux château abandonné. Tout à coup, le Chevalier Blanc apparaît et lui dit de ne pas dépasser la forêt. Tail décide de ne pas l'écouter. Il poursuit sa route et voit un dragon, et Curpy a peur. Alexandra et Cat sont en prison depuis un mois. Elles sont gardées par le dragon.
Curpy commence à japper et Tail se demande ce qui se passe. Il lève la tête et voit Alexandra et Cat. Il dit : « Attendez! Je viens vous chercher! »
Tail se bat contre le dragon et Vic le voit, puis il vient l'aider. Vic et Tail sont épuisés, mais ils ne lâchent pas.

Le dragon est aussi épuisé. Marcuse voit la prison et Curpy va avec lui pour aller chercher Alexandra et Cat. Finalement, les filles et les gars ont réussi à battre le dragon. Alexandra devient amoureuse de Vic et Cat devient amoureuse de Marcuse. Tail voit un reflet dans l'eau : c'est celui de Joanya. Tail ne voit plus le reflet. Il veut le revoir parce qu'il est amoureux.

Histoire écrite par Frédérike, Mélodie, Isaac et Benjamin

Il était une fois Tail et Vic, qui marchaient dans la forêt très noire. Soudain, un bruit attira leur attention. Vic imagine que c'est une bête féroce à quatre têtes. Tail lui dit que c'est son imagination. Alexandra voit des fruits et elle s'arrête. La bête à quatre têtes l'enlève. Tail et Vic entendent Alexandra qui crie très fort. La bête féroce s'en va dans sa grotte et laisse Alexandra dans celle-ci. La bête sort ensuite de sa grotte.

Vic a très peur et il s'imagine plein de monstres. Il aperçoit Alexandra par le trou. Tail lui lance une corde pour la remonter. Ils décident ensuite de visiter la grotte. Ils trouvent un médaillon. Lorsqu'ils le prennent, celui-ci se met à briller. Que va-t-il se passer ?

Achevé d'imprimer
en février deux mille dix, sur les presses
de l'imprimerie Gauvin, Gatineau, Québec